HINTERLAND

LE SECRET DE SANARSHEL

Illustrations : Myrtille Vardelle

NOVEL est une marque des éditions Chattycat.

HINTERLAND

LE SECRET DE SANARSHEL

ANDREW BONZON

novel.

Pour Colette

En apparence, c'est une maison.

La plus étroite et, dit-on, la plus ancienne de Paris. Quatre pièces, une par étage, une par enfant. Une maison tout en hauteur, comme une tour, si vous préférez. Mais il faut apprendre à se méfier des apparences. Pour ceux qui savent observer, la porte raconte déjà beaucoup.

Une porte sculptée selon les règles des meilleurs ébénistes de la ville, ornée de plusieurs scarabées en métal, eux-mêmes entourés de libellules en nacre qui offrent les soirs de pleine lune une lumière troublante. Et si vous fixez intensément cette porte, peut-être verrez-vous bouger ces bestioles.

On les appelle des « Charmes ». Ce sont des raretés. Ces portes racontent les maisons d'exception.

Nous y sommes. Sur la poignée, une marque, sur cette marque, des formes étranges, sous ces formes étranges, un mystère.

Poussez-vous la porte ou préférez-vous attendre encore un peu ? À vous de choisir. Après, rien ne sera plus pareil. Après, c'est une autre vie qui commence. Vous n'êtes pas dans un château, vous n'êtes pas à l'abri de tout, mais vous êtes en bonne compagnie. Les gamins Hinterland vous attendent.

Entrez donc pour comprendre.

Derrière la façade en pierre, déjà. Derrière le mur de la rue. Un mur pour rien. En réalité, on entre ici dans les entrailles d'un arbre immense, d'un diamètre jamais vu, ses origines se perdent dans la nuit des temps, avant même la fondation de la ville, avant même l'arrivée des hommes.

Ne croyez pas ceux qui vous parlent de baobab, de géant du Chili ou de seigneurs de Yellowstone. Cet arbre n'est pas répertorié, pétrifié pour l'éternité et refuge d'enfants. Appelons ce lieu comme le font les enfants entre eux, appelons cette maison la Cabane. Ce n'est pas autre chose qu'une cabane.

Premier étage : Marcel.
Deuxième étage : Colin et Esther.
Troisième étage : Billie.

Les chambres dans le tronc.

Quatrième étage, vous arrivez alors aux branchages majestueux. Une pièce unique, à la fois cuisine, salon, potager, bibliothèque, pièce à vivre. Sous une coupole illuminée, Billie s'impatiente. Il est temps de faire les présentations.

PARTIE
-1-
LA CABANE

I

– Hermès, est-ce que tu peux demander aux jumeaux de monter ?

– Bien entendu, Billie. Ils viennent tout juste de rentrer, je crois. Ils sont dans leur monde, tu les connais. Rien ne presse jamais avec eux.

Billie trépigne. Elle est anxieuse. Elle n'aime pas que les parents les convoquent à l'improviste. Billie préfère toujours les choses prévisibles.

– Papa et maman ont des choses à nous dire, reprend-elle.

– Ils montent, encore un instant, pas d'énervement, la rassure Hermès, comme pour mieux devancer l'exaspération de la jeune fille.

Dans son coin, Marcel n'a encore rien dit. Il répare une montre, sa grande passion, tout ce qui tourne, fait un bruit régulier, finit par passer sous ses doigts agiles.

– Les voilà enfin, lâche Billie. On va pouvoir commencer.

Les pas d'Esther et de Colin résonnent sur l'échelle métallique qui mène au grand salon, ils grimpent. Elle devant, lui derrière. Invariablement.

– Nous voilà, pardon, pardon, dit tout de suite Colin.

– Arrête donc de t'excuser tout le temps, réplique Esther. On a fait au plus vite, on était à la fête foraine des Tuileries, il y a une attraction qui s'annonce parfaitement effrayante et...

– On verra ça plus tard. Les parents ont un truc à nous dire.

Billie, cassante et brutale. Le signe de mauvaise humeur. Esther n'insiste pas.

Les voilà tous les quatre réunis au sommet de l'arbre désormais.

Des planches épaisses relient les branches en guise de plancher, on ne perçoit aucun bruit de la rue et de là-haut, tout là-haut, tout en haut, la ville déploie sa grandeur, la vue sur Paris est somptueuse.

La lumière arrose le dernier étage, contrairement à leurs chambres plus sombres à l'intérieur du tronc, aux étages inférieurs. Heureusement, les lucioles de verre font briller les coins obscurs. Cette maison ne tolère aucune zone d'ombre. Ici, tout se voit. Ici, tout se montre. Ici, on ne se cache rien. Dans la mesure du possible.

Avec Hermès, ils s'installent dans des trous creusés à même une branche, en demi-cercle.

Ils ont positionné de gros coussins pour le confort, c'est une sorte de salon, c'est là qu'ils se réunissent toujours pour discuter, se raconter des histoires, en écoutant Hermès, qui en connaît un rayon en la matière.

– Bonjour, mes chéris.

C'est M. Hinterland qui parle. Les parents sont là.

Enfin, façon de parler. Ils sont là sans être là. Les parents Hinterland n'existent plus vraiment, sauf à considérer qu'un tableau existe vraiment.

Seules les familles les plus riches disposent de ce genre d'objet. Un tableau comme vous en avez déjà vu des milliers, en apparence.

Approchez-vous et vous ne verrez aucune différence : un cadre, de la peinture, des personnages... banal.

Sauf que... à certaines conditions, le tableau s'anime, il se met à bouger soudain, à parler, même, il vous répond, le dessin bouge. La peinture semble vivante, et elle l'est.

– Bonjour, mes chéris, disait donc Mme Hinterland, l'un des personnages. Tu as l'air contrarié, Esther ?

– C'est rien, maman, on s'est pressé, il paraît que c'est important.

Esther inflige un regard noir à sa sœur ainée.

– Important, c'est le mot, explique alors M. Hinterland, en reposant son verre de vin. Disons que nous aimerions vous faire prendre l'air, vous ne sortez jamais de Paris et la ville est usante pour vous.

Il a cette façon de ne pas croiser le regard de ses enfants et cela ne lui ressemble pas, il contourne le problème, le vrai sujet.

La discussion commence entre parents et enfants. Comme si de rien n'était, comme si Madame et Monsieur existaient en chair et en os.

– C'est gentil de penser à nous, hésite Colin, qui perçoit, comme les autres, que son père ne dit pas tout.

– Mais prendre l'air de quel côté exactement ? ajoute-t-il.

– Du côté, comme tu dis, de Sanarshel.

Le silence s'installe. Sanarshel. Un nom comme un livre d'histoire, un nom qui n'est pas censé sortir des livres d'histoire, mais y rester enfermé à double tour.

Un nom dont on ne sait pas ce qu'il transporte de joies ou de maléfices. Un nom dont on avait fini par croire qu'il avait été inventé. Même Hermès commence à frémir.

– Qu'est-ce que vous voulez qu'on aille faire à Sanarshel ? demande Billie. Je croyais que ça n'existait même pas.

L'aînée de la fratric, quatorze ans, affiche une mine inquiète. Son bras gauche, celui recouvert d'un long gant noir qui ne le quitte jamais, est crispé. Son anxiété finit par contaminer ses frères et sœur. Comme toujours.

– Bien sûr que le château existe. Marcel, est-ce que tu peux chercher le livret de famille, s'il te plaît ? Tu le trouveras près des archives, là-bas.

M. Hinterland désigne comme il peut une direction.

Sans un mot, et avec une habileté toujours surprenante, le petit garçon de six ans bondit jusqu'à la mezzanine. Le dernier étage de la maison est certes un salon et une cuisine. Mais pas seulement. Il se compose également d'un potager intérieur et d'une bibliothèque immense.

Tout repose sur les branches de l'arbre, cet arbre étrange sur lequel semble pousser la nourriture et le savoir, les fruits et les livres. Le tout est éclairé le soir par des phares de locomotives retrouvés dans une gare abandonnée et, le jour, par le soleil qui perce à travers les coupoles vitrées.

Les enfants Hinterland ont fini par s'y habituer, mais pour qui entre ici la première fois, c'est tout bonnement époustouflant.

À un détail près : personne n'entre jamais dans cette maison à part Billie, Esther, Colin et Marcel. Et Hermès évidemment.

– Voilà le livre, Daddy.

À peine essoufflé, Marcel vient de déposer au milieu de la troupe un livre pas plus épais qu'une liste de courses.

Trois pages pour résumer la famille.

Grands-parents, parents, enfants. Un arbre généalogique qui ne va pas bien loin. En apparence.

– Chaque famille a ses secrets et sa part de discrétion, explique d'un air gêné M. Hinterland. Esther, veux-tu tapoter sur le visage de ton grand-père Hinterland ? Il n'a pas tout dit.

Un peu inquiète, Esther s'approche, ouvre le livret et passe le pouce sur la photo en noir et blanc de son grand-père. Rien ne se passe.

– Tape deux fois, vas-y. Avec deux doigts. Fermement.

M. Hinterland mime le geste sur la paume de sa main, et Esther le répète.

Plus personne n'ose faire le moindre mouvement, tous attendent, médusés.

2

II

Si les enfants Hinterland n'étaient pas si occupés avec leurs parents, peut-être auraient-ils remarqué l'homme à l'oiseau qui va et vient devant leur maison. La « Charme » s'agite.

Il est arrivé la nuit dernière à Paris, après une longue route dans son vieux camion argenté. Il n'approche pas trop. Il repère. Il observe. Il a suivi Esther et Colin.

Il n'y a jamais de hasard.

Et ce n'est pas un hasard si les jumeaux se sont justement arrêtés devant l'attraction de l'homme à l'oiseau tout à l'heure à la fête foraine. S'ils avaient eu un peu de temps, ils seraient rentrés à l'intérieur, mais Colin a insisté pour ne pas être en retard pour le dîner. Esther a soupiré bien fort et a renoncé. Ils reviendront le lendemain. La tentation est trop grande, comme un piège sucré qui attire les insectes pour mieux les capturer.

L'homme à l'oiseau connaît ses proies. Il les cherche depuis si longtemps. Il connaît leurs points faibles, leurs passions, leurs désirs. Il sait combien Esther et Colin adorent se faire peur. Il a bâti de toute pièce une attraction juste pour eux : « Le Phénomène Sans Nom ». Une entrée à un franc seulement.

Nous y pénétrerons sans doute nous aussi. Sauf si...

Sauf si...

Sauf si les enfants sont sur le départ.

En tapotant sur la photo de son grand-père, Esther libère un secret bien gardé. Une famille bien plus vaste. Des visages nouveaux, des noms nouveaux, ils ne sont donc pas seuls. Pas tout à fait seuls.

– Qu'est-ce que c'est que ce truc ? s'étonne Hermès, qui est pourtant habitué aux familles un peu grandes, un peu larges, partant dans tous les sens, avec ses ramifications en tout genre. Ce n'est pas un arbre généalogique, c'est une forêt.

– Si tu veux, Hermès, parlons de forêt, répond M. Hinterland. Mais, dans notre famille, nous préférons parler de Préludes. Voici les Préludes de la famille Hinterland. C'est l'un des secrets les mieux conservés de la planète, vous avez là, sous les yeux, une partie seulement de ce que nous sommes.

Le petit livret s'est soudainement déployé, déplié… en suspension dans l'air.

À chaque page, un nom, un visage, une histoire en quelques lignes. En haut, les plus anciens. En bas, les plus jeunes.

Le déploiement est infini, et il suffit de toucher un nouveau visage pour que se déploie une autre branche. L'espace de la pièce se retrouve entièrement recouvert de visages par centaines.

Colin est subjugué :

– C'est magnifique. On dirait des étoiles dans le ciel, des constellations.

– Elles brûlent, les étoiles, Daddy.

– Exactement, Marcel, certaines photos brûlent, elles disparaissent à petit feu.

En effet, à y regarder de plus près, dans un coin, quelques photos sont noircies, comme calcinées, toutes rigides. Des pages mortes. Et d'autres photos encore sont en train de brûler, de flammes inodores et indolores, on peut y passer ses doigts, on ne ressent aucune brûlure.

– Je sais que tout cela fait beaucoup pour vous, mais je vous en prie, ne posez pas trop de questions. Nous ne pouvons pas répondre à tout, et nous manquons de temps. Je vais essayer...

– Pardon ? Pardon ? Billie bondit, furieuse. Tu veux te presser ? Mais tu te rends compte de ce que tu viens de nous faire découvrir ? Une famille immense, alors qu'on vit tous les quatre à la maison tout seuls depuis des années !

– Enfin, tout seuls ? Je suis là, tout de même !

Foudroyé du regard, Hermès n'en rajoute pas, et fuit de l'autre côté de la pièce pour éviter une pichenette de Billie.

– Des centaines de personnes, et pas un nom que je connais, reprend Esther de plus belle. À croire que nous sommes des étrangers dans notre propre famille. À croire que vous nous avez caché au monde.

– Peut-être bien, Esther. Peut-être bien que ton père et moi, nous n'avions pas d'autre choix que de vous cacher, en effet.

Mme Hinterland vient ajouter encore un peu plus au bouleversement des enfants.

Eux ? Des enfants cachés ? Mais pourquoi ?

– Si nous avions toutes les réponses à vos questions, je vous les donnerais à l'instant, sans hésiter. Nous n'en avons malheureusement pas. Assieds-toi, ma chérie, vous êtes la clé de tout, fais-nous confiance.

Mme Hinterland envoie un baiser à sa fille aînée.

– Vous faire confiance ? Je rêve.

Et M. Hinterland de poursuivre malgré la rage de Billie :

– Votre grand-mère avait de nombreux frères et sœurs. Ils viennent d'apparaître sous vos yeux dans ce livret. Une famille comme les autres. Mais il y a une différence chez nous. Ordre nous a été donné de ne plus jamais entrer en contact. Nous nous sommes éparpillés sur la planète. Avec votre maman, nous sommes venus à Paris, où vous êtes tous nés. Mes petits Français.

Tout à sa tendresse, il suspend sa parole... ses enfants lui manquent.

– Ordre a également été donné de se faire très discret et de ne rien dire de votre naissance, ajoute-t-il. Voyez par vous-même. Vous n'existez pas dans les Préludes de la famille, vous n'apparaissez pas dans cette constellation, pour reprendre tes mots, mon Colin. Aux yeux des autres, de vos oncles, tantes, cousins, vous n'êtes jamais nés. Là encore, c'est une consigne qui nous a été donnée. Nous ne l'avons jamais contestée. Désormais, vous le savez.

Les enfants n'osent plus dire un mot, ils sont comme assommés par ces informations.

– Mais quelque chose se dérègle, poursuit M. Hinterland, pour ne pas laisser paraître son trouble. C'est la raison pour laquelle vous partez demain. Sanarshel n'émet plus aucun bruit. C'est la photo de son gardien qui brûlent lentement.

Dans le même geste, il désigne une page.

– Regardez. Elle disparaît. Elle disparaît, et on ignore pourquoi. Aucune voix humaine n'a été captée depuis un mois chez votre oncle Arcadius. Le silence n'est jamais bon. C'est à vous d'intervenir, mes enfants. Gardez avec vous ce livret. Si nous vous avons cachés, si nous ne vous avons rien révélé, c'était en attente d'un jour pareil. Le jour où vous, les gamins Hinterland, devraient intervenir.

– Mais c'est où, Sanarshel ? demande Colin.

– En Angleterre du Nord, à la frontière avec l'Écosse. Préparez-vous à voir ce que vous n'avez jamais vu.

III

L'homme à l'oiseau a renoncé à sa surveillance. Il sait maintenant. Il sait ce qui lui reste à faire. Remarquez un instant sa démarche, comme elle est étrange. L'oiseau bat des ailes, agrippé à son col, il l'aide à marcher, mieux encore, il le soulève très légèrement du sol. L'homme glisse plus qu'il ne marche, ses pieds touchent à peine terre.

Il rentre à la fête foraine. Au milieu des autres, il passe inaperçu. Au milieu des cracheurs de souffre, des dresseurs d'alligators et des montreurs de cristaux de lune, qui s'occuperait d'un vieil homme comme lui ?

– Viens par ici, mon garçon.

Jusque-là installé dans un recoin, dans la pénombre, un garçon s'avance.

Difficile de lui donner un âge. Il a dans le regard quelque chose qui raconte une vie qui n'est pas la vie normale d'un enfant.

Malgré la fraîcheur matinale, il porte un haut léger et un bermuda, et de grosses chaussures montantes jusqu'en haut du mollet. Sur la tête une casquette, posée sur le côté du crâne.

Il ressemble à ces ouvriers de bord de Seine qui chargent et déchargent les péniches venues accoster pleines de matériel. Et puis, il a la peau sombre de ceux qui travaillent dehors, de ceux qui font des tâches physiques contrairement aux peaux claires de ceux qui peuvent s'épargner ces difficultés. À Paris, tout le monde fait très vite la différence entre ces mondes-là.

L'homme a un ton caverneux, c'est à peine s'il bouge les lèvres pour parler, sa voix semble sortir de son ventre.

– Je sais qu'elle viendra à la première heure demain. Sois prêt, si tu veux bien, au lever du soleil. Ensuite, il ne faudra pas tarder.

Le garçon ne dit rien, un petit geste, imperceptible geste, le visage qui s'incline. Un oui très léger.

A-t-il le choix ?

Il reprend où il en était. Il fixe au sol les cordes de la tente, s'assure qu'elles sont bien tendues, fermement ancrées au sol pour que le petit édifice ne s'affaisse pas. Il a l'habitude, le coup de main, les bons réflexes.

Avec son maillet en bois, il cogne fort, sans hésitation, sur les pieux à enfoncer dans le sol. Un adulte aurait eu des difficultés à taper ainsi, mais pas lui.

Sous le petit chapiteau sont déjà installées des chaises face à une caisse en verre dans laquelle on peut facilement rentrer, une caisse à taille humaine.

Il regarde cette salle, la scène sur laquelle il se produit. Le phénomène sans nom, c'est lui.

IV

Les voyages, les enfants Hinterland connaissent, ils adorent s'envoler, voir ailleurs, loin de chez eux, au-delà des rues de Paris.

Sauf que ce voyage-là ne ressemble pas tout à fait aux autres.

– À votre place, je me préparerais bien, ça va secouer, cette affaire-là.

Hermès a toujours le don de dire tout haut ce que personne n'ose penser tout bas.

– Oui, merci bien, Hermès, je pense que nous avions compris, lui répond Colin avec une ironie piquante. Heureusement, on est ensemble, et un voyage, c'est ensemble ou rien.

Aucun d'entre eux n'a imaginé une seconde refuser de se rendre à Sanarshel. Pour cela, il faudrait des raisons valables, et abandonner une partie de la famille (même si on ne la connaît pas), n'est pas une raison valable.

Au contraire, c'est une obligation, comme un sens de l'honneur. L'honneur, on ne joue pas avec, dans la Cabane. Mais on joue à autre chose, surtout quand on a des doutes sur ce qui vient à l'horizon. Jouer, ça aide à faire passer l'angoisse.

Billie s'est installée sur la balançoire suspendue à la branche principale et s'est mise à chanter à voix haute.

Marcel, Colin et Esther se sont affrontés aux dominos, puis au backgammon, puis aux échecs, à même le sol, sur un tapis épais. Ils pourraient y passer des heures. Ce sont les moments que Marcel préfère. Ceux où les enfants Hinterland se souviennent qu'ils sont des enfants, et cessent de jouer aux grandes personnes.

Plus tard, ils sont descendus dans leur chambre comme la lune montait dans le ciel. Départ prévu le lendemain, sommeil difficile en perspective.

Marcel a retrouvé ses montres, ses réveils, ses horloges qui tapissent les murs de la chambre du premier étage. Il se laisse bercer par les tic-tac. Il a installé une couchette sous son établi. C'est là qu'il s'endort, malgré tout, parce qu'à son âge, le sommeil l'emporte toujours.

Dans la Cabane, la nuit venue, ce sont des lucioles de verre qui servent de lumière, les bougies et autres flammes sont interdites. On n'allume pas un feu dans un arbre, question de bon sens. Les lucioles s'éteignent aussitôt que les yeux des enfants se ferment.

Mais ce soir, les lucioles ne s'éteignent pas partout. La porte d'Esther et Colin est restée entrouverte. Avant d'enfiler leurs pyjamas, ils ont soigneusement déposé leurs vêtements sur des mannequins en bois, comme ils le font toujours.

Ils sont très soigneux, attentifs à ne pas abîmer ce qui les entoure, toujours soucieux de leur petit monde bien à eux, qui n'appartient qu'à eux. Leur chambre est une leçon d'organisation et d'ordre. Rien ne dépasse jamais, rien n'est jamais en désordre. C'est ainsi que l'on vit à deux en permanence.

Si vous tendez l'oreille, vous allez les entendre, chacun sur leur lit, de part et d'autre de la pièce. Le ton monte.

Il y en a un autre qui tend son oreille, c'est Hermès, bien caché le long du mur. Il écoute souvent les discussions des enfants. Non pour le plaisir de les espionner, mais pour tenter de les apaiser ou de les conseiller, si nécessaire.

– C'est n'importe quoi, Esther. Vraiment n'importe quoi. On part demain, et tu veux aller faire du manège. Parfois, j'ai du mal à te suivre.

– Marcel a dit qu'on ne pourrait pas partir avant 11h, et nos sacs sont prêts. Ce n'est pas en restant sur nos lits à nous inquiéter de ce qu'on va trouver à Sanarshel qu'on fera avancer les choses. Billie est suffisamment stressante comme ça.

– Arrête avec Billie. Elle fait ce qu'elle peut. Je dis juste que je n'ai pas le goût à la rigolade.

– Tu confonds rigolade et curiosité. C'est de la curiosité. Et puis, ce n'est pas un manège, c'est autre chose, je le sens. Cette fête foraine est curieuse, tu ne trouves pas ?

L'homme à l'oiseau a vu juste, Esther est comme hypnotisée par cette fête. C'est plus fort qu'elle.

– Fais bien comme tu veux, mais sans moi.

– Quoi ? Tu ne comptes pas m'accompagner ?

– Non, Esther, pas cette fois, pas après avoir vu papa aussi inquiet. Désolé. L'important, c'est ce voyage, pas de s'amuser. On a comme une mission.

Esther lève les yeux au ciel.

– Une mission ? Tu exagères. Et puis, je n'ai pas dit que je ne partais pas avec vous. J'ai dit que j'ai bien le droit, avant, de faire ce que je veux.

Colin n'ajoute rien, et son silence vaut toutes les explications. Il se retourne du côté du mur, en signe de protestation, mais aussi avec l'espoir de trouver le sommeil.

Il est certain qu'Esther n'osera jamais aller à la fête sans lui. Esther est, quant à elle, certaine que son frère n'osera jamais la laisser partir toute seule. De l'habitude de n'être jamais séparés.

En quittant la chambre discrètement, Hermès, lui, n'est certain de rien. Il n'aime pas entendre les jumeaux se désaccorder. Comme le disait tout à l'heure M. Hinterland, c'est signe que quelque chose se dérègle. Et il sait l'importance des repères dans une vie sans parents.

V

À l'odeur, c'est un jour comme un autre. À l'odeur, c'est le matin, évidemment. Le parfum délicieux navigue dans la Cabane.

Dans la plus grande discrétion, l'automate-cuisinier s'est activé dès 5h du matin, le temps pour lui de préparer et faire cuire les croissants, presser les oranges, faire refroidir le cake au miel et tartiner de longs morceaux de baguettes.

Cette machine est sans cesse améliorée par Marcel, qui a poussé l'amusement à l'équiper d'un tablier et d'une toque de cuisinier.

L'automate-cuisinier n'en ressemble pas pour autant à un être humain, mais il faut lui reconnaître une habileté remarquable aux fourneaux. Quand tout est prêt, il émet un léger sifflement. À la manière d'une bouilloire, par exemple. C'est le signal pour Hermès qui se charge ensuite de réveiller les Hinterland.

En général, Billie est déjà debout, presque prête. Pour Marcel, le petit dieu vient se nicher près de son oreille et lui tapote délicatement le lobe. Pour Esther, Hermès lui tire le gros doigt de pied gauche, cela évite, en général, la mauvaise humeur. En général.

Quant à Colin, si on veut qu'il sorte du lit, seule solution, sauter sur son ventre, ce qu'Hermès adore faire. Au lieu de quoi, ce dormeur ne se lèvera jamais.

De tous les repas, le petit-déjeuner est le moment préféré des enfants Hinterland. Ils dévorent. En silence parfois, en rigolant, souvent, si Billie raconte ses rêves, elle a un don pour inventer et tricoter des histoires.

Depuis quelque temps, elle boit de la Ricorée au réveil, quand les autres n'abandonneraient pour rien au monde leur chocolat chaud.

Mais ce matin, si ce n'est l'odeur habituel, rien n'est habituel. D'abord, les enfants sont habillés, ils ne traînent pas en pyjama. Bizarre. Ensuite, les mines sont fermées.

Et, peut-être plus encore, celle de Colin.

– Esther est partie.

Billie maintient sa tartine à la confiture de fraise au-dessus de son grand bol jaune.

– Qu'est-ce que ça veut dire, partie ?

– Elle s'est levée en silence, plus tôt que moi, et elle en a profité pour aller à la fête foraine. Je ne pensais pas qu'elle oserait. On en avait parlé ensemble hier. Bon, après, c'est pas si grave...

Colin attend en réalité que Billie décide si c'est grave ou pas. Sur ces sujets, c'est elle qui donne le ton. Pour l'instant, elle ne s'alarme pas plus que cela.

– Elle sait que nous partons à 11h. Elle sera rentrée d'ici là.

Nous verrons bien si Esther sera rentrée d'ici là.

Elle a quitté la maison endormie il y a déjà un bon moment, à tous petits pas, sans même remarquer que les scarabées et les salamandres ne sont plus à la même place sur la « Charme ».

Paris dort encore à moitié, les porteurs mécaniques déposent à la chaîne les bouteilles de lait devant les maisons, les crieurs de nouvelles installent leurs estrades et les haut-parleurs pour lire à voix haute les informations du jour.

C'est le moment qu'Esther préfère, celui de l'éveil, celui où tout paraît possible.

Paris est considérée comme la ville la plus inventive au monde. La technologie a pris une place considérable.

La dernière nouveauté, c'est ce grand téléphérique qui rejoint plusieurs points de la ville, à 50 mètres de hauteur avec des nacelles de couleurs vives, comme des bus suspendus.

Esther s'est promis de très vite s'offrir un petit voyage là-haut.

De son pas vif, elle remonte la rue de Rivoli, sa jupe de soie s'agite dans la fraîcheur du jour. De loin, elle salue Notre-Dame, dont les tours sont devenues désormais des magasins chics et coûteux.

Elle longe la Pyramide du Louvre, qui abrite désormais des oiseaux rares venus du monde entier en une magnifique volière.

Elle traverse enfin le jardin des Tuileries, transformé en partie depuis quelques mois en l'usine à robot la plus perfectionnée au monde, des robots nouvelle génération, mi-arbre, mi-fer.

Dans cette ville, tout est bouleversé, malmené. L'histoire, les traditions, les religions, les croyances sont bousculées.

Les dieux sont des intrus, des inutiles, certains s'amusent même à la chasser pour en faire des trophées.

C'est à peine si les dieux, qu'ils soient grecs, romains, incas ou indiens, peuvent se défendre.

Ils ne disposent plus que de faibles pouvoirs, des pouvoirs qui ne peuvent pas atteindre les humains. Hermès, divinité des voyageurs et messager éternel, toujours chaussé de son casque et de ses chaussures ailées, a trouvé refuge chez les gamins Hinterland.

À la Cabane, on croit encore à certaines choses, et pourquoi pas à des forces mystérieuses ?

Mais ce n'est pas le sujet : la voilà enfin à la fête foraine. Les attractions forment un large cercle autour de l'Obélisque et ses hiéroglyphes dorés.

Esther ne cesse d'y penser depuis hier.

C'est comme si un aimant invisible l'attirait ici. Elle sent quelque chose d'anormal.

« Le phénomène sans nom » a été mis sur son chemin. C'est d'ailleurs la seule attraction ouverte à cette heure matinale. C'est bon signe, pense-t-elle.

Un vieil homme, un oiseau sur l'épaule, l'accueille d'un sourire franc. Elle paye l'entrée.

La tente, toute blanche à l'extérieur, est recouverte de pourpre à l'intérieur, à la manière des anciens Rois, se dit Esther.

Des bougies de tous côtés, l'odeur étrange, de l'encens, une fumée légère dans l'atmosphère, une dizaine de chaises en bois, plus aucun bruit de la ville ne parvient jusqu'ici.

Esther entend ses pas crisser sur le gravier. Elle s'assoit face à une étrange cage transparente. Elle en est à un mètre à peine.

Soudain, l'oiseau tournoie dans la tente, il forme de longs cercles, de plus en plus rapides, et ses ailes finissent par éteindre toutes les flammes. Le noir est presque complet.

Esther voit à peine ses mains. Mais elle aime bien avoir un peu peur. Pas trop non plus.

– On n'attend personne d'autres ? s'étonne-t-elle.

Aucune réponse.

– Eh oh ?

Aucune réponse.

– Elle n'a pas beaucoup de succès, votre affaire, ajoute Esther, pour elle-même puisque personne ne semble là pour l'écouter.

Une lumière étrange, bleutée, éclaire soudain la cage. Dans la demi-obscurité arrive un garçon.

Il monte sur l'estrade et s'installe à l'intérieur de la caisse. Il ne regarde pas Esther dans les yeux, il semble fixer un point au loin.

Soudain, dans son dos, apparaît un bras, un troisième bras. Puis un autre, puis un autre encore... Comme Esther en a vu dans les livres sur les dieux indiens, le garçon a quatre bras de plus, des bras entièrement tatoués de dessins qui semblent raconter une histoire.

Le garçon agite ses bras, il les fait tournoyer autour de lui, il est ensorcelant. Jamais Esther n'a vu un tel prodige.

Ce garçon, si banal en apparence, s'est comme transformé en une bête fantastique et prodigieuse, une créature mystérieuse, une créature d'un autre monde, un monstre aussi.

Par le passé, ces êtres mystérieux existaient, Esther le sait, elle a lu des histoires sur eux. À l'époque des Dieux tout puissants. Mais dans cette époque-ci, c'est impossible. Ça n'existe pas. Ça n'existe plus.

Comment une telle attraction est-elle possible ? Sauf si tout est faux ? Sauf si c'est une illusion ? Voilà, c'est cela, un tour de magie, une supercherie.

Sans un mot, de l'un de ses bras, le garçon fait signe à Esther d'avancer, comme s'il lui proposait de prendre sa place, d'essayer, elle aussi. Mais essayer quoi ? Les bras ne se mettent pas à pousser d'un seul coup.

Esther hésite, se lève, approche à petits pas prudents, contourne la cage de verre, monte les quelques marches, c'est étroit à l'intérieur, le garçon lui laisse la place, il recule, ils se frôlent et Esther s'étonne de ce qu'elle ressent.

« Quel étrange garçon », pense-t-elle.

Mais, tout à coup, dans un éclair, toutes les bougies se rallument. Esther, éblouie, place sa main devant ses yeux. Le temps d'une respiration, le temps d'un rien. Le garçon a disparu, l'homme à l'oiseau est assis sur une chaise et, cette fois, c'est Esther qui est enfermée dans la cage. Et de ses deux bras, et pas un de plus, elle cogne contre la paroi. En vain.

VI

À quelques kilomètres de là, Colin s'agite, tandis que son cœur se met à battre plus fort. Il ressent dans son corps un sentiment anormal, comme un appel à l'aide de sa sœur.

Il est temps de partir, et Esther n'est pas là.

Que faire ? Partir sans elle ? Repousser le départ ? Se séparer ?

Billie se décide à trancher, tant pis :

– Hermès ! Tu restes ici. Va donc voir du côté de cette fête foraine. Nous, on y va.

– Hors de question, proteste Colin. Les parents nous ont toujours dit de rester ensemble quand on voyage, que c'est plus prudent. Si c'est valable pour les vacances, c'est encore plus valable pour ce genre de situation.

Il tient tête à sa sœur aînée, ce n'est pas si fréquent. Si bien que Billie ne dit rien pendant quelques secondes. Son petit frère a raison, au fond.

– Papa a aussi expliqué que nous devions nous dépêcher. Tu l'as entendu comme moi, non ? Colin, tu l'as entendu comme moi ou pas ?

– Oui.

– Esther nous rejoindra, Hermès saura la conseiller, rassure-toi. Je comprends tes doutes. En même temps, Esther connaissait les règles…

– C'est bien ce qui m'étonne, réplique aussitôt Colin pour défendre sa jumelle. Elle savait tout ça.

– Elle savait, et elle ne respecte pas les règles, ne me dis pas que ça t'étonne. C'est la spécialité d'Esther. Allons-y, maintenant.

Billie prend toujours son rôle de grande sœur très à cœur. Elle donne les ordres en réajustant ce grand gant noir qui recouvre son bras. D'aussi loin que la fratrie s'en souvienne, elle l'a toujours porté, à la manière d'une lady.

Sauf que qui connaît Billie sait bien qu'elle n'a rien d'une lady. Elle ne fait jamais dans les apparences. Elle ne triche jamais. Sauf pour cacher ce bras gauche.

Même la nuit, elle le dissimule, et elle prend soin de toujours s'enfermer à double tour dans la salle de bain.

Colin tourne en rond. Il ne peut pas partir sans sa sœur. C'est impossible. Et pourtant, la voix de Billie se fait plus dure à mesure que les minutes passent.

– Colin, monte dans la nacelle et couvre-toi. Marcel, tout est prêt ?

– Ça roule, affirme de sa petite voix le plus petit de tous.

Il est en charge du bon fonctionnement du rotor, le mécanisme qui va permettre à l'étrange engin de s'envoler, entre le bateau à roue et l'hélicoptère. Qui peut croire qu'une telle machine va prendre de l'altitude ?

La coupole en verre au sommet de l'arbre s'ouvre. Elle laisse passer une machine, entre l'animal, la plante et l'acier, à l'image de ces robots que l'on construit dans l'usine du Jardin des Tuileries.

Deux hélices, l'une en haut, l'autre en bas. Deux hélices reliées entre elles par des lianes épaisses et fleuries de bourgeons rouge sombre.

À l'arrière, comme gouvernail, à la manière d'un faucon, une immense queue de cuir tressé. À l'avant, le plus impressionnant sans doute, un œil unique, de la taille d'une montgolfière, un œil majestueux, mène les passagers à bonne destination. Et pour mécanicien général, Marcel, qui graisse les hélices, arrose les lianes et donne des consignes.

Les trois enfants Hinterland sont assis sur leurs sièges, casques sur la tête, lunettes de protection sur les yeux, le vent va souffler là-haut. Cap sur Sanarshel.

Colin n'ouvre pas la bouche, il est sombre, il fronce les sourcils. Tout cela, cette drôle d'ambiance, ce n'est pas porteur de bonnes nouvelles.

Hermès, quant à lui, est prêt à voler jusqu'à cette fête foraine.

– J'adore les fêtes foraines et les pommes d'amour, dit-il à voix haute alors qu'il se retrouve seul dans la Cabane. En route.

VII

Esther frappe de toutes ses forces sur la cage de verre. Elle ne voit même pas de verrou, même pas de porte, qu'est-ce que c'est que ce mauvais tour ? Est-ce que c'est une partie du spectacle ?

– Eh, vous ? Vous là ? Avec votre oiseau sur l'épaule. C'est ça, votre attraction ? C'est pas si drôle. C'est bon, maintenant, laissez-moi sortir !

L'homme à l'oiseau se lève doucement, il fait le tour de la cage. Esther tourne avec lui, elle le défie du regard.

Il porte un étrange chapeau mou, une grande veste au col relevé marqué des traces de pattes de l'oiseau, mais ses vêtements ne sont pas usés ou vieillots. Pour

Esther, qui aime les habits et le soin accordé aux tenues, c'est frappant.

Il a des vêtements de qualité. De la soie peut être, ou une laine longuement travaillée pour la rendre douce comme le pelage d'un chat. Des habits de la sorte, elle en a vu dans un musée de la ville, des toilettes royales des Temps Anciens. De ces tenues que l'on place derrière des grandes vitres pour mieux les conserver, et pour rappeler, aussi, à tous que c'est désormais du passé, que plus personne ne porte cela.

Sans cet oiseau et son corps voûté, cet homme serait remarquable d'élégance. Mais avec cet oiseau et son corps voûté, il a tout de ce genre de grande personne dont on dit qu'elles ont une « drôle de dégaine » à la Cabane.

Et les « drôles de dégaine », les Hinterland savent pertinemment qu'il ne faut pas en chercher la compagnie mais les fuir. Par prudence. On ne sait jamais.

Grandir sans parents, c'est apprendre qu'un problème, quand il arrive, est toujours plus compliqué à résoudre. Et, plus les secondes s'écoulent dans cette cage de verre, et plus Esther comprend que le problème est sérieux. Très sérieux.

– Tu es Esther Hinterland.

Sa voix fait frissonner la jeune fille. Elle se reprend vite, pas du genre à se laisser déstabiliser.

– Merci, je sais.

– Depuis le temps que je rêve de te rencontrer...

Il tourne à en donner le vertige à Esther. Il affiche sur son visage ce qui ressemble à un sourire, mais c'est peut-être une grimace.

Ce sourire-grimace sur ses lèvres à lui, minces et crispées, ce n'est pas rassurant, c'est même franchement angoissant.

Il sourit, oui, car il l'a trouvée. Enfin. Elle est venue seule, sans son frère jumeau, mais ce n'est pas grave. C'est déjà bien. C'est déjà très bien. Le plan avance.

– Ben moi, c'était pas mon rêve de me retrouver face à un vieux comme vous.

Esther ne se dégonfle jamais, elle est décidée à répliquer. Mais son cœur bat à une vitesse folle, elle a l'impression que les battements se répercutent sur la paroi de verre.

Sa petite provocation n'a aucun résultat. À croire que l'homme à l'oiseau ne l'entend même pas, tout à sa satisfaction d'un coup réussi. Il savoure.

Son sourire s'élargit encore, et ce n'est pas rassurant.

– Comment vont tes parents ?

C'est une question simple en apparence. Sauf que... sauf que personne ne connaît l'existence du tableau de la famille.

Le secret est absolu, et bien gardé par les enfants. Esther est certaine qu'aucun de ses frères et sœur ne se serait laissé aller à une confidence interdite. Elle a confiance en eux.

– Qui êtes-vous ?

– J'imagine que les bras de ta maman te manquent, poursuit-il. J'imagine que tu rêverais d'un baiser de ton papa. Une peinture, ce n'est pas pareil.

Il parle sans méchanceté, sans hargne, il ne lève jamais les yeux vers Esther. Mais il a une façon de prononcer «maman» et «papa» qui ne laisse aucun doute.

Elle cherche à capter son regard, en vain. L'oiseau piaille, il ne chante pas, il parle, dirait-on.

– Il faisait doux et beau, ce jour-là.

L'homme se met soudain à raconter, comme si Esther n'était pas là. Comme s'il se remémorait à voix haute, pour lui-même.

– Comme à chaque fois, nous devions assister au Carnaval de la Tour Eiffel. À l'époque, Marcel venait tout juste de naître, Hermès vous gardait tous les quatre. Tes parents sont sortis en amoureux, comme on dit.

Esther a fini par s'assoir sur ses genoux dans la cage de verre. Elle se laisse emporter par l'histoire. Jamais personne ne lui a parlé de ses parents.

Même Billie n'a pour ainsi dire aucun souvenir. Ce bonhomme menaçant en sait plus qu'elle sur sa propre famille.

– C'était quelque chose, le Carnaval de la Tour. Des dragons de papier par milliers montaient et descendaient le long de la structure à la nuit tombée, certains enflammés, d'autres argentés.

« Des funambules aux ailes de fer jouaient sur des fils tendus à travers le ciel. En bas, allongés sur l'herbe, tes parents savouraient le spectacle ; ton père avec sa petite pipe de bois, ta mère s'amusant avec sa broche libellule. Dans la nuit noire, sous la lune, la Tour Eiffel semblait prendre feu dans une illusion splendide.

« J'étais moi-même sur la tour. À l'heure du feu d'artifice qui venait clore le spectacle, je devais détourner l'une des fusées et viser tes parents.

Esther pleure en silence, elle imagine sa mère et son père qu'elle n'a toujours vus qu'à travers une peinture.

Elle pleure de rage aussi. Elle comprend qui est cet homme, ce qu'il a fait, ce qu'il lui a pris.

– J'ai fait ce que j'avais à faire. J'ai changé la fusée d'artifice de direction. Mais je n'ai pas pu m'en aller à temps. Les fusées se sont embrasées plus tôt que prévu. Tes parents ont disparu dans un éclat de couleurs... et moi, j'ai perdu la vue.

Il redresse enfin le visage et Esther comprend ce qui la trouble depuis le début. L'homme à l'oiseau est aveugle. Et il a tué ses parents.

Hermès lui avait toujours expliqué que ce n'était qu'un simple accident. Mais pourquoi en vouloir à sa famille ? Pourquoi avoir assassiné ses parents ?

VIII

Avant le départ, Marcel avait estimé le voyage à quelques heures, sept ou huit, pas plus. Il avait estimé aussi que le risque principal se situait au-dessus de la mer du Nord avec ses tempêtes permanentes et ses étranges bestioles.

Dans la Cabane, tout ce qui doit être calculé, mesuré, préparé, quantifié, revient au plus jeune des Hinterland. Disons que c'est sa spécialité, que c'est ce qu'il aime.

Avant d'embarquer, il a donc regardé les cartes, préparé le voyage, fait les réserves nécessaires et envisagé tous les cas de figure possible.

Par la mer, sous terre ou par les airs.

Par la mer. Ce n'est pas pour rien si plus aucun bateau n'emprunte la mer du Nord, à l'exception des pirates et des contrebandiers qui préfèrent couler que d'échouer dans l'une des prisons centrales du continent, prêts à tous les risques. Par endroit, entre les courants froids et chauds, les tempêtes sont permanentes. Et encore c'est sans compter les animaux qui peuplent cette eau glaciale.

Sous terre. Pour traverser, il existe exactement 12 tunnels sous-marins vitrés. La circulation est assez fluide mais très contrôlée. Les va-et-vient entre le continent et l'île où se trouve Sanarshel sont strictement encadrés pour éviter les trafics de marchandises. Jamais une bande d'enfants ne pourra obtenir un laisser-passer.

Par le ciel. L'option la plus rapide et la plus discrète. Celle choisie par Billie. Mais pas la moins dangereuse. Il faut compter avec le vent qui souffle fort, trop fort en altitude.

Marcel a prévenu : sauf miracle, à un moment ou à un autre, il faudra descendre, s'approcher de l'eau, sinon la machine n'avancera plus face aux bourrasques. Descendre, cela veut dire s'exposer.

Et le problème avec Marcel, c'est qu'il a souvent raison.

Les enfants sont à peine depuis cinq minutes au-dessus de la mer que déjà les vents contraires s'intensifient et les ralentissent.

La machine peine. Par moment, elle semble presque reculer.

À l'avant, relié par une immense chaîne d'acier, l'œil géant est balloté. Rond comme un ballon, il est tout entier de fer et de verre. Il ressemble à s'y méprendre à une version géante d'un œil humain. Il a deux missions.

La première, de faire flotter le tout. Il est gonflé avec du propane que Marcel a réussi à récupérer en détournant le tuyau d'une usine.

La deuxième mission est de guider les enfants. Avec ses radars placés dans l'iris, il mène l'embarcation dans la bonne direction et se charge d'éviter les obstacles. Mais, comme un œil humain, il a de grandes paupières pour le protéger de ce qui pourrait l'endommager.

Si le vent souffle, les paupières se ferment. Si le vent souffle trop fort, les paupières se ferment complètement. Alors, le ballon va s'égarer.

– Nous allons devoir descendre et nous rapprocher de l'eau, hurle Marcel à sa sœur et son frère. Pas le choix. Désolé.

Mécanicien en chef, pilote en chef, sur la machine, Marcel est maître à bord. S'il dit « désolé », c'est pour la forme. Il n'attend pas vraiment la réponse.

Ficelé sur le grand fauteuil de cuir qui lui sert de poste de pilotage, il est chargé de la réussite du voyage. Autant vous dire qu'il prend son rôle très à cœur.

Mais Marcel, avec son âge, ne mesure pas toujours les risques. Et risques il y a. De là où il est, à l'avant, il ne voit pas ce qui se passe autour et derrière lui.

Déjà, les ailerons apparaissent et affleurent à la surface de la mer. Des dizaines d'ailerons et un panache d'écume tout autour.

Les poissons-volants prennent position. L'histoire raconte que ce sont les enfants de Poséidon, dieu des mers, enragés depuis que leur père a été réduit lui aussi à un petit être sans pouvoir. Depuis, ces poissons géants se sont jurés de croquer tous les hommes qui approcheraient de l'eau, et ils chassent toujours en bande. Plus ils sont nombreux, plus ils vont vite, plus ils sont voraces.

Pour survivre, ces poissons ont appris à se nourrir de tout et n'importe quoi, surtout n'importe quoi. Des bêtes hideuses qu'un monde détraqué a laissé évoluer au fil des siècles. Des bêtes que personne ne veut trouver sur sa route.

Et les voilà seulement à quelques mètres en dessous des gamins Hinterland.

Installés de part et d'autre de l'embarcation, attachés avec des filins pour ne pas tomber, Billie et Colin assistent, médusés, à l'attaque qui se prépare.

– Marcel, si on descend encore, nous sommes perdus, hurle l'aînée des Hinterland.

– Je ne contrôle pas les courants. L'œil ne tiendra pas si le vent est trop fort, répond Marcel, qui vient de remonter sur son front les grosses lunettes qu'il porte toujours pour piloter.

Il aime bien, il trouve que ça lui donne un air de pionnier de l'aviation. Sauf que là, il sent bien que les lunettes ne vont lui servir à rien.

L'embarcation craque de toute part. Ces craquements viennent des lianes.

Elles ont été ramassées dans la forêt amazonienne et patiemment élevées dans l'une des serres de la Cabane. Elles ont la capacité à s'étendre ou se rétracter selon les situations.

Par temps calme, elles sont souples. Par temps agité, elles deviennent plus coriaces. Elles entourent la machine, retiennent entre elles chaque partie de l'engin, et, depuis quelques minutes, elles se contractent comme jamais.

– Tout doux, tout doux, leur murmure Marcel, comme si elles pouvaient l'entendre.

Et puis, ce qui devait arriver arriva.

À droite de la machine, Colin lance l'alerte.

– Ils attaquent ! Et ils sont hyper nombreux !

Sentant venir le danger, il s'est emparé d'une longue pique dans ce que l'on nomme, un peu pour rigoler, le « placard de la dernière chance ». À l'intérieur, il y a une fusée de détresse, des bouées, une fronde, des gourdins et ces piques de plus de deux mètres avec un bout pointu et aiguisé. La seule arme que Billie a autorisée.

Marcel voulait y placer un petit fusil à billes de bois de son invention mais sa sœur a refusé. Un « placard de la dernière chance » que la fratrie avait pour espoir de ne jamais avoir à ouvrir. Raté.

Les poissons-volants ont déployé leurs ailes d'écailles hérissées de piquants. Les premiers ne parviennent pas à atteindre l'embarcation, mais ils ont leur stratégie.

Pour aller plus haut, ils se servent les uns des autres, prenant appui les uns sur les autres. Leurs mâchoires claquent dans l'air comme le ferait un coup de fouet. Colin et Billie les repoussent tant qu'ils peuvent à coups de piques et de frondes.

– Marcel, il faut aller plus vite !

Les ordres se perdent dans le boucan, entre la tempête et les cris des enfants pour repousser les poissons. L'une des bêtes a réussi à planter ses dents dans l'hélice du bas. Il tourne avec elle, il gigote, furieux, et, surtout, de son poids, il fait encore descendre un peu plus l'équipage.

À ce rythme-là, ils ne traverseront jamais. Ils vont finir engloutis.

– Réveille les plantes. Vite !

Billie s'époumone. Marcel quitte un instant le poste de pilotage pour s'agenouiller à côté de la branche principale des lianes.

Avec un couteau, il pratique une petite entaille dans l'écorce épaisse. De la sève coule légèrement, quelques gouttes à peine.

Marcel pose sa main sur l'incision, et il récite une prière. Personne ne peut l'entendre, ses lèvres bougent et la liane réagit, se met en mouvement, s'anime, s'agite. Les bourgeons passent d'un rouge sombre à une couleur vive, puissante.

Et, soudain, des fleurs s'ouvrent. À la guerre comme à la guerre. Des fleurs carnivores. Elles obéissent à celui qui les appelle. Elles obéissent à Marcel.

– Croquez tous ces poissons. Pas de pitié.

Pour un peu, à regarder Marcel à l'instant, on pourrait le croire dans un jeu, un jeu de pirates. Il sourit presque. Comme lorsqu'il s'amuse à poursuivre Hermès entre les branches de la Cabane, au dernier étage, sautant et s'accrochant à tout ce qu'il peut.

Poissons-volants contre fleurs carnivores. C'est féroce. Les enfants reculent pour se mettre à l'abri. Maintenant, ça ne dépend plus d'eux. Les écailles se mêlent aux pétales sur le sol de l'appareil. Le combat est acharné. Les poissons sont si nombreux qu'on voit mal comment ils pourraient perdre cette bataille.

Les lianes luttent, elles gonflent au fur et à mesure de la bataille, comme si elles étaient en colère. Si un poisson dévore une fleur, alors la liane parvient souvent à l'entourer pour mieux l'étouffer.

Mais le danger, c'est que les poissons, de leurs dents acérées, parviennent à les sectionner. Déjà, l'une d'elle a cédé, coupée nette. L'embarcation penche dangereusement sur le côté droit.

Certaines des bestioles réussissent même à grimper à bord, elles rampent sur le sol en faisant des petits bonds, et avec l'intention de dévorer les enfants, tous trois tapis dans un coin.

Marcel est pétrifié, camouflé derrière ses aînés. Colin repousse tant qu'il peut les poissons avec sa pique, Billie cherche à les assommer avec un des gourdins dont elle a réussi à se saisir.

Plus les lianes parviennent à se débarrasser des poissons, plus les enfants parviennent à les pousser à l'eau, et plus les bestioles sont nombreuses. C'est une lutte sans fin, sans limite. À ce rythme-là, ils vont tous terminer dans l'eau. C'est une question de minutes. À peine quelques minutes.

C'est à ce moment que retentit une sonnerie.

– C'est mon alarme, se réjouit bizarrement Marcel.

– Tu crois que c'est le moment de mettre un réveil ? lui fait remarquer Colin, désespéré par la situation.

– C'est pas un réveil. C'est le signe que la terre est plus très loin.

Marcel, retrouvant ses esprits, parvient à remonter sur son fauteuil en cuir. De son poste, il voit l'horizon, les côtes, les falaises, la traversée se termine enfin... et le ciel se découvre. Une éclaircie inespérée, les nuages se dissipent, la machine peut reprendre de l'altitude.

Revigorés, déchaînés, Billie et Colin cognent et repoussent les poissons qui se trouvent toujours sur le pont. À l'inverse, sentant bien que la machine remonte, les bestioles paniquent et se laissent glisser pour retrouver la mer glacée.

– Victoire.

Marcel a retrouvé son sourire, le jeu est terminé pour lui, il chausse de nouveau ses lunettes d'aviateur, comme si de rien n'était.

Les fleurs des lianes se referment aussitôt, reprennent leur repos, les bourgeons s'apaisent. Tout le monde a besoin de souffler. Sanarshel n'est plus très loin. Et les surprises promettent d'être encore nombreuses.

IX

La cage dans laquelle se trouve enfermée Esther est devenue totalement opaque lorsque l'homme à l'oiseau a posé un doigt dessus, un simple doigt. Transparente une seconde plutôt, la voilà désormais aussi noire que la nuit.

Impossible de savoir ce qui se trouve à l'intérieur, impossible pour Esther de deviner ce qui se passe à l'extérieur. Elle ne voit donc pas que l'homme à l'oiseau a déjà replié la grande tente, qui tient dans une simple valise grâce à un nouveau tour de magie noire.

Que veut cet individu et son drôle de serviteur, le garçon aux six bras ?

Pourquoi avoir assassiné ses parents ?

Les autres ont dû partir, désormais, sans l'attendre. Colin doit être mort d'inquiétude, lui aussi, et peut-être très en colère contre elle…

– Ils ne sont pas venus te chercher… c'est étrange. Je pensais que le petit Colin viendrait se mêler à la fête, vois-tu ?

La voix surgit dans la cage avec une force qui fait sursauter Esther.

– À croire que l'esprit de famille des Hinterland n'est plus ce qu'il était.

Esther reprend ses esprits. Si elle ne peut pas sortir par la force, elle usera de ce qu'elle sait faire : débattre, discuter, raisonner et, s'il le faut, insulter aussi. Elle a quelques réserves, elle en connaît un rayon.

– Abruti, lance-t-elle, en insistant sur le mot. Espèce d'abruti. S'ils ne sont pas là, c'est qu'ils ont mieux à faire. Des choses plus importantes.

– Plus importante que de venir en aide à leur sœur ? J'ai du mal à te croire.

– C'est parce que vous manquez d'imagination. Ça ne m'étonne pas, de la part d'un bigleux.

Loin de se vexer, l'homme à l'oiseau éclate d'un rire sordide, comme s'il savourait la provocation.

– Bigleux ? Pas du tout. Un bigleux voit un petit peu. Moi, je suis totalement aveugle, petite Esther. Je ne vois rien, rien du tout. Ce qui me permet de développer bien des atouts. Personne ne se méfie de moi. Qui aurait peur d'un aveugle avec pour seule compagnie un corbeau et un garçon ? De nous trois, c'est sans doute cet oiseau, le plus intelligent. Méfie-toi donc, Esther Hinterland. Méfie-toi des apparences.

– Qu'est-ce que vous avez l'intention de faire ?

– Continuer ce que j'ai entrepris. Vous réunir tous et vous rayer de la carte du monde, famille maudite... Et tu vas me servir d'appât. Grâce à toi, ils vont venir à moi.

Esther frissonne. Elle sent que la boîte est soulevée, chargée. Elle devine le bruit d'un moteur, elle reconnaît les secousses des pavés de la place de la Concorde et des Champs Élysées. Cette fois, elle est fichue, se dit-elle. Fichue pour de bon, trahie par sa curiosité, et peut-être abandonnée par les siens.

Elle serait sans doute rassurée d'apprendre qu'Hermès est posé sur le phare arrière du camion, discrètement installé, et qu'il prépare un coup. Dans la mesure du possible. Dans la mesure de ses moyens.

PARTIE
-2-
SANARSHEL

X

– Visiblement, ils aiment bien les ronds.

Que dire d'autre ?

Marcel a raison.

Sanarshel est une succession de cercles.

Le château, rond.

La forêt qui l'entoure, ronde.

Et pas un seul chemin à l'horizon.

Le château est planté là.

Vue de haut, la forêt donne l'impression d'une cible, au centre de laquelle trône cet étonnant bâtiment surélevé.

Et au centre de la bâtisse elle-même, un puits de plus de 10 mètres de diamètre.

Un puits dont certains disent qu'il abrite un serpent monstrueux, s'ils ont envie d'avoir peur, ou un mage protecteur, s'ils ont envie de se rassurer.

Un puits dont l'eau change de couleur plusieurs fois par jour, du bleu éclatant au gris en passant par un noir intense. On raconte qu'il se passe des choses sous la surface de l'eau, sans en savoir plus.

Personne n'a jamais voulu descendre dans le puits. Ou alors, ceux qui s'y sont essayés n'en sont pas remontés.

Qui décide un jour de construire un château dans un endroit pareil ?

Aux alentours, rien d'autre.

Pour rentrer, il faut donc traverser la forêt.

– Je n'aime pas cet endroit.

– Nous ne sommes pas là pour nous y installer, de toute manière.

– Oui, eh bien, même pour y passer.

Colin et Billie discutent tout en avançant, Marcel un pas devant eux. Ils ont posé l'appareil à quelques mètres de là. Plus les enfants avancent et plus leur malaise augmente.

Il y a l'odeur d'abord, étrange odeur, comme celle d'une mauvaise soupe. Il y a le vide aussi. Personne à l'horizon.

Un peu comme si tout le monde avait disparu, décidant d'aller vivre loin d'ici, loin de ce château. À croire que tout est à l'abandon.

À l'entrée de la forêt, ils hésitent encore.

– Billie, tu as vraiment compris pourquoi nous sommes là ?

Colin est encore bouleversé d'être parti sans Esther. Plus encore que d'avoir dû affronter une horde de poissons dévoreurs d'enfants.

– Franchement, les parents nous envoient ici sans explications, qu'est-ce que ça veut dire, ces pages du livret qui brûlent ? Qui est cet oncle Arcadius ? Pour moi, ça n'a aucun sens, pas plus que cette famille gigantesque qui déboule sous nos yeux alors qu'on est orphelins depuis toujours. Et voilà qu'on se sépare soudain, alors que ça ne nous arrive jamais. Tu ne vois pas qu'on fait tout à l'envers, tout de travers ? Je n'ai pas envie de rentrer là-dedans. Regarde-moi ce truc. Moi, j'appelle ça un piège.

Billie pense la même chose que son frère, mais c'est son rôle de ne pas le lui dire, de garder le cap fixé par ses parents.

Dans sa poche, elle sent le livret de famille.

– Avançons, plus le choix.

Et les voilà à couvert des arbres.

Étrangement, l'odeur s'atténue, elle est plus supportable. Il fait même assez clair là-dessous, la forêt n'a rien de sordide.

À travers les arbres, la lumière scintille et vient éclairer le sol de mille taches colorées et apaisantes. Il y a, dans cette première clairière, plusieurs noisetiers et des fleurs violettes, petites fleurs fines et odorantes.

Un chemin est tracé et délimité avec des cailloux, il serpente dans la forêt, bien entretenue, preuve que des gens vivent par ici et qu'ils empruntent ce sentier régulièrement.

En réalité, ce qui frappe les enfants, à l'instant où ils entrent dans ce sous-bois, c'est que la vie reprend ses droits. Le bruissement des feuilles, le piaillement des oiseaux, pas si loin, l'eau qui coule, une rivière peut-être, des bruits simples mais qui, après l'attaque des poissons, sonnent comme une profonde respiration.

Des bruits et une atmosphère qui tranchent aussi avec l'aspect rugueux du château. S'ils n'avaient pas une mission à remplir et rapidement, en plus, les Hinterland s'installeraient bien volontiers à l'abri de ces arbres.

Très vite pourtant, des coups répétés se mettent à résonner. Il faut quelques mètres aux enfants pour comprendre et observer.

C'est un bûcheron avec sa hache. Les coups, ce sont les frappes régulières et dures sur un arbre. Mais ce n'est pas tant son activité qui sidère les enfants, c'est son accoutrement, comme s'il était déguisé. Habillé à la manière des Temps Anciens.

Un pantalon dans une toile épaisse, un gilet en peau sans manche, un drôle de bonnet sur la tête. Tout à son activité, il ne remarque pas tout de suite les enfants qui l'entourent.

– Oh diable, la frayeur ! lâche-t-il en sursautant.

– Bonjour, monsieur, ose Billie.

– Bon sang, d'où que tu sors, toi, avec ta bande ?

– De la capitale, monsieur.

– De la capitale. Ben, t'as dû en mettre un paquet de temps... et c'est quoi, ton attirail ?

– Nos vêtements, vous voulez dire ?

– Oui, comment que t'es fagotée... disons que c'est pas si courant, par ici.

– Pour tout vous dire, nous non plus, on n'a pas l'habitude de voir des gens comme vous. On dirait les.

– Les ? Qu'est-ce que c'est ?

Comme s'ils n'étaient pas du même monde, chacun se regarde, se scrute, sans méchanceté, avec curiosité.

– Vous jouez à quelque chose ?

La question de Marcel fait éclater de rire le bûcheron. Un rire franc, celui d'un homme dont il n'y a pas de raison de se méfier, et, pour les enfants, c'est encore la meilleure nouvelle. Ils sourient eux aussi devant sa spontanéité.

– Non, je joue pas, mon p'tit. Je coupe du bois pour refaire une maison qui s'est effondrée.

– Vous n'avez pas de ciment ?

– Du ciment ? Qu'est-ce que c'est que ça ? Bon, vous savez quoi, v'nez donc en ma compagnie, y en a qu'un qui peut nous traduire votre charabia, et puis j'ai fini de toute façon.

Sa hache sur l'épaule, le bûcheron ouvre la voie entre les arbres. Le bonhomme est chaleureux, rond. Pourquoi ne pas le suivre, après tout ? Depuis que les parents leur ont demandé de voyager jusqu'à Sanarshel, c'est la première rencontre rassurante. Et il y a des occasions à saisir. Surtout les occasions de se faire un peu aider.

– Dites-moi, commence Billie, si on est là, c'est pour aller au château.

Le bûcheron s'arrête net.

– Le château, que tu dis ?

– Oui, monsieur.

– Ben, je sais pas trop si c'est recommandé de monter là-haut. Enfin, moi, je dis ça...

Et sans terminer sa phrase, le voilà qui repart d'un bon pas.

– Billie, on devrait peut-être accélérer le mouvement et monter directement, tu ne crois pas ? interroge Colin. On perd notre temps à suivre cet homme. On ne sait même pas où il nous emmène. Les parents ont dit que nous n'avions pas beaucoup de temps.

– Oui mais moi, j'ai faim, fait remarquer Marcel.

Bille hésite. Puis elle tranche :

– Avançons, nous verrons bien.

Ils sont obligés de courir pour rattraper le bûcheron.

En file indienne, ils avancent, l'homme en tête, suivi de Billie, de Marcel et de Colin.

Leurs chaussures se recouvrent d'une poussière légère, le sol est sec mais la verdure tout autour est flamboyante. Billie, qui connaît bien la flore, observe des arbres fruitiers sauvages, des baies, des champignons.

Il y a de quoi faire, cueillir, s'alimenter, bref, vivre ici, à couvert de cette forêt protectrice.

Elle en sait quelque chose, à la Cabane, c'est elle qui est en charge du potager.

Elle adore ça, elle passe des heures à feuilleter des livres de botanique.

Dans l'une des serres de la maison, elle cultive des roses dont elle est très fière. Ici, tout est plus sauvage, certes, mais c'est une terre d'abondance. Billie ne peut s'empêcher de noter le contraste avec leur arrivée.

D'abord, cette odeur nauséabonde et, maintenant, ce sous-bois protecteur et généreux. Il y a quelque chose qui cloche, mais quoi ?

– Ici, ça sent pas mauvais.

À croire que Marcel lit dans les pensées de sa sœur.

– Toi aussi, tu as remarqué ! L'odeur a disparu, comme si les arbres servaient de protection, de filtre, c'est impossible, bien sûr, mais c'est l'impression que ça donne.

– Heureusement, parce que c'était particulièrement dégeu, cette odeur.

– Ton langage, Colin.

– Quoi, dégeu ? On peut pas dire dégeu ? C'est pas un gros mot, dégeu, je te jure, Billie.

Billie lève les yeux au ciel et laisse dire. Après tout, vu les circonstances, les écarts de langage sont autorisés. Elle est très à cheval sur le sujet, en règle générale.

Le groupe finit enfin par déboucher sur un espace dégagé, le village est là en une succession de petites maisons, installées de manière assez désordonnée. Elles aussi sont d'un autre temps, en chaume, en bois, en terre. Tout cela est rudimentaire, à des siècles d'évolution de Paris.

Très vite, un petit attroupement se forme autour des Hinterland.

Les villageois sont intrigués à leur tour.

– Faut comprendre, c'est pas souvent qu'on a de la visite.

Le bûcheron a pris la direction de la petite église. La bâtisse la plus grande et la plus solide de toutes avec son petit clocher et sa porte noire épaisse. Elle semble trôner sur le village même si elle est aussi modeste et fragile que les autres constructions. Sans hésiter, le bûcheron tambourine à la porte. Il attend. Il n'entre pas. Il tambourine encore.

– Voilà, voilà ! rugit une voix à l'intérieur.

Vêtu d'une longue cape à l'étoffe rouge et épaisse, visage ridé à moitié dissimulé par un bonnet brodé d'or, des cheveux parsemés de blanc, le curé sort enfin, avec un air renfrogné.

Colin ne peut s'empêcher de faire un pas en arrière, tandis que Marcel se blottit contre la jupe de sa grande sœur. Qu'est-ce que c'est que ce village tout droit sorti du passé ?

Billie se retourne et observe les villageois qui les entourent. Le bal costumé. Les visages sont lourds, les mains épaisses, les robes des femmes taillées dans une étoffe sans charme et sans valeur, les chaussures des hommes fabriquées dans de la peau tannée et sanglées avec de la mauvaise ficelle.

Elle est arrachée à ses observations par la voix du curé.

– Bonjour, et bienvenue à vous, chers enfants, dit-il après avoir lui-même surmonté sa surprise.

Il transpire anormalement et regarde de tous les côtés.

– Êtes-vous seuls ? Sans parents ?

– Oui, monsieur.

– Elle donne du monsieur à tout ce qui passe, c'te fille là, rigole le bûcheron. C'est qu'on n'est pas des seigneurs, nous autres, dit-il encore d'un air goguenard.

– Il n'y a plus de seigneurs depuis longtemps, rétorque Billie du tac au tac, sur un ton un peu trop agressif qui cache mal son malaise.

Plus ça va et plus elle se demande si ce n'est pas un piège. Mais leurs parents n'auraient pas fait ça. N'est-ce pas ?

– Pardon, reprend Billie, la gorge serrée, la voix qui frémit, mais il y a des choses que je ne comprends pas, comme si nous ne vivions pas à la même époque...

Elle hésite, puis reprend :

– En quelle année sommes-nous ?

Le curé la fixe avec intensité.

– Étrange question que tu poses là. Nous sommes en 1276, mon enfant.

Le choc fait vaciller Billie. Ce n'est pas possible.

Plus de mille ans en arrière.

Plus de mille ans avant la naissance des Hinterland.

XI

Le camion qui transporte Esther accélère, il rebondit sur les pavés et monte comme il peut les pentes de la ville. Les pentes de Montmartre, ce dédale de rues, le repère de tous les apatrides.

Ici, la Déesse Sirona règne en maître, en tout cas, elle est tolérée par les autorités. Dans l'Église du Sacré-Cœur, qui n'est plus une église depuis longtemps, elle a installé un immense réfectoire où elle sert des repas toute la journée pour ceux qui ne peuvent pas manger à leur faim, les cloches sonnent non pas les heures mais le moment du service.

Tout autour du bâtiment d'un blanc éclatant, c'est une forêt de tentes bigarrées, des chapiteaux pour des dizaines de personnes ou des tentes miniatures pour un dieu réfugié là, des yourtes de Mongolie ou des tipis d'Indiens d'Amérique.

Le camion traverse ce camp immense à une vitesse insensée, Hermès n'en revient pas. L'homme à l'oiseau conduit comme un fou, sans tenir compte de ce qui l'entoure, et guidé par le coassement du corbeau.

Le petit dieu est si malmené qu'il est obligé de s'accrocher au pare-chocs pour ne pas être éjecté. Il pourrait voler, me direz-vous, mais à cette vitesse, il serait incapable de suivre, ses ailes sont trop petites.

Le camion est juché sur des roues larges et hautes, avec cet équipement, il pourrait traverser des dunes de sables. Sauf qu'ici, le sable se fait rare. C'est du goudron et du pavé. Et, éventuellement, des trottoirs sur lesquels l'homme à l'oiseau monte bien volontiers.

Pendant plusieurs mètres, il emporte même une toile de tente rouge, mais ça n'a pas l'air de l'émouvoir plus que cela. Au contraire.

Dès qu'il peut, il accélère. En guise de klaxon, une trompette. Une tête par la fenêtre, le garçon aux six bras s'époumone. C'est lui qui prévient du danger. À force de souffler, il est rouge violacé, il n'a pas l'air bien rassuré lui non plus.

Ballottée dans tous les sens, Esther, quant à elle, ne voit rien de ce spectacle. La cage est trop opaque. Elle se repère tant qu'elle peut aux bruits de la rue. Sans grand succès.

Enfin, l'engin ralentit et se gare. Cette fois, avec un certain soin. L'homme à l'oiseau coupe le moteur, fourre la clé dans sa poche et, au lieu de claquer la porte férocement, il la ferme avec beaucoup de soin.

À croire qu'il ne veut pas se faire remarquer, lui qui a fait tout l'inverse depuis le départ de la place de la Concorde.

Toujours bien caché, capable de se dissimuler à peu près n'importe où, Hermès s'étonne de son changement d'attitude. Pourquoi donc est-il soudain si précautionneux ?

– Oh, non, ce n'est pas vrai, qu'est-ce qu'on fait là ?

Tout dieu qu'il est, Hermès a de quoi s'inquiéter.

L'homme à l'oiseau a garé le camion à la limite nord du camp, là où plus personne n'installe de tente, là où personne ne va plus, là où les vivants ne s'aventurent jamais, là où règne on ne sait qui, là où la ville s'arrête, là où dorment, pour l'éternité, les maîtres passés.

Ce cimetière a été abandonné il y a bien longtemps, il se trouve au sommet de la butte Montmartre, un dédale de tombes et de caveaux, la plupart des noms sont effacés, le lierre recouvre tout ou presque, cela fait une éternité que personne ne vient plus se recueillir ici.

Bizarrement, ce cimetière a été construit tout autour de quatre grands pommiers. Une fois par an, des moines sont chargés de venir cueillir et ramasser les pommes. Une seule fois par an. Le reste du temps, l'accès est condamné.

Et quand bien même ne le serait-il pas, qui aurait envie de venir là ?

Avec les pommes, les moines fabriquent des décoctions, dont on dit qu'elles soignent à peu près toutes les maladies.

C'est à prouver, mais certains y croient vraiment. Ces produits sont vendus à prix d'or. Mais il y a peut-être une autre explication à ce commerce.

Exactement sous les pommiers, à soixante-six mètres de profondeur, là où vont puiser les racines, se trouve une crypte que bien peu de gens ont visitée.

On y descend par un escalier camouflé. Et dans cette crypte ? Dix tombeaux.

Les tombeaux des anciens Rois. Et c'est justement là que va l'homme à l'oiseau.

– Toi, tu restes au camion. Interdiction de me suivre, lance-t-il au garçon. Je n'emmène que la gamine.

Quelques minutes plus tard, l'homme à l'oiseau et Esther s'enfoncent sous terre. Hermès n'est pas loin.

XII

– 1276 ? C'est impossible. Qu'est-ce que c'est que cette folie encore ? Nous avons quitté Paris ce matin, il y a donc mille ans, c'est ça que vous être en train de nous raconter ?

Face au trouble de Colin, le curé se décide à faire rentrer les enfants dans l'église, loin du regard des villageois.

Il fait sombre à l'intérieur, la lumière parvient par de petites ouvertures, cette église ressemble plus à un refuge qu'à un lieu de prière.

Il y a des tapisseries sur les murs représentant des chevaliers casqués engagés dans des combats. Les tapisseries sont rehaussées de belles couleurs rouges, jaunes ou vertes. Il y a quelque chose de raffiné dans cet ouvrage qui tranche avec la modestie des lieux. Bille est admirative.

– C'est magnifique. Est-ce vous qui avez brodé tout cela ?

– Absolument, lui répond le curé. La plupart de notre activité consiste à raconter les exploits de nos maîtres et seigneurs. Le récit de leurs batailles se trouve sous vos yeux. Et puis, quand l'hiver est trop froid, nous trouvons refuge ici la nuit, à l'abri des histoires, et protégés des courants d'airs par ces étoffes.

Ensemble, ils s'assoient sur l'un des bancs, taillé en un seul morceau dans un tronc d'arbre, ce n'est pas très confortable.

Dans des bols, eux aussi en bois, le curé leur offre un peu d'eau.

Les Hinterland soufflent un peu, ils reprennent leurs esprits après un début de voyage périlleux. Enfin, quelqu'un paraît prêt à les aider pour de bon.

Pourtant, le curé ne bouge pas. Il les observe. Il les scrute, même. Au point que cela devient gênant.

– Qu'est-ce qui se passe ? demande Marcel avec sa spontanéité naturelle. On a un truc sur le nez ?

– Marcel, s'il te plaît. Excusez-le, il est petit.

– Pas si petit, Billie, bientôt six ans et demi.

– C'est bien ce que je dis.

Le curé se résout à s'assoir devant eux et, en baissant la voix, il prend enfin la parole.

– Votre présence est un mystère. J'ignore ce que vous a raconté notre bûcheron, mais personne n'entre ici, dans cette église, dans ce village, dans cette forêt. Jamais. Ou, devrais-je dire, personne n'entre plus. Les villageois sont envoûtés.

– Envoûtés ? C'est-à-dire ? interroge Colin.

– Le sort remonte à bien des siècles. Ils ne vieillissent plus, ne changent plus et perdent la mémoire du jour précédent. Chaque matin, la même journée du 23 avril 1276 recommence.

– Je n'y comprends rien. On ne peut pas envoûter des gens de la sorte, au point qu'ils arrêtent de vieillir.

– On peut bien des choses, reprend le curé. Surtout pour conserver le pouvoir. Ceux qui ont décidé de cet enchantement ont aussi fait en sorte que tout le monde oublie Sanarshel. Et c'est ce qui explique qu'aucun visiteur n'entre plus ici. J'imagine que si vous êtes ici, c'est pour rejoindre le château, n'est-ce pas !

Billie proteste :

– Mais vous ? Vous, si vous connaissez l'histoire, c'est que vous ne perdez pas la mémoire comme les autres.

– Tout juste. Je suis d'une confrérie de moines. Nous nous assurons que la malédiction se poursuive. Quand je serai trop vieux, je serai remplacé à mon tour, et ainsi de suite. Nous sommes les gardiens de Sanarshel. Les gardiens du secret et de l'oubli.

D'un bond, Colin se saisit de la longue pique qu'il a emporté avec lui depuis la machine volante, et il la pointe vers le curé.

– Qu'est-ce que tu fais, Colin, pose ça, lui ordonne Billie.

– Tu n'as donc rien compris ? S'il est le gardien des lieux, c'est qu'il va nous empêcher de passer. Mettez-vous derrière moi. Il veut nous piéger.

Le curé fixe les enfants, sans faire le moindre mouvement.

– Là-bas, indique Colin, il y a une autre porte, par l'arrière de l'église, passons par là.

Le garçon avance à reculons, sa lance tendue, les yeux rivés sur le curé qui n'a toujours pas bougé.

Les Hinterland avancent à tout petits pas, prudents.

– Tu as raison, dit tout à coup le curé. Mon rôle est de vous empêcher de monter au château. Mon rôle est de le garder isolé.

– Je le savais, s'écrie Colin, tout de suite repris par sa sœur.

– Écoutons ce qu'il a à nous dire, Colin.

– Il n'a rien à nous dire, il veut nous retenir, c'est tout.

– Non, le coupe le curé. Je ne vais pas vous retenir, même si je le devrais. J'ai prêté serment. Mais il faut savoir briser les serments. L'odeur qui plane autour du château prouve qu'il s'y passe quelque chose d'anormal. Je ne peux pas me résoudre à obéir bêtement et sans réfléchir. Cette odeur, c'est sans doute le signe d'un danger.

– Quel danger ?

– Je n'en sais rien. S'il vous faut trouver une explication, allez donc la chercher chez Arcadius, conclut-il.

– Vous connaissez Arcadius ?

Le regard de Billie s'illumine. Enfin, une éclaircie.

– Non. Personne ne connaît Arcadius. Certains disent même qu'il n'existe pas. Qu'il n'a jamais existé. Moi, je pense que si. Et, s'il est toujours vivant, c'est le seul qui pourra vous aider. Je ne peux rien vous dire de plus que cela.

Si l'atmosphère entre le curé et les enfants s'est un peu détendue, d'un autre côté, la situation paraît plus inquiétante que prévu.

Entre le sort sur les villageois, l'odeur de Sanarshel, le silence d'Arcadius...

– C'est de mieux en mieux, ce pays, lâche Colin.

– Mais les choses n'ont pas toujours été ainsi. Il y a longtemps, très longtemps, avant l'ère des Rois, même, le château de Sanarshel n'était pas le lieu de l'oubli, mais de la légende.

Le curé dégage avec soin une tapisserie jusque-là invisible, bien cachée derrière les autres broderies. Elle représente ce qui ressemble à une grande cérémonie, avec une foule immense et au centre de cette foule...

– On dirait un ours, fait remarquer Marcel.

– Un ours. L'animal qui pendant des siècles a été célébré ici. Sanarshel n'a pas toujours été ce château sinistre et en partie abandonné. Il faut vous imaginer tout le contraire. Plusieurs fois par an, les seigneurs accueillaient des fêtes somptueuses. On venait de loin, très loin, pour y participer, dans un esprit de plaisir et de saveur.

« Des commerçants installaient leurs échoppes partout dans la plaine, près de la forêt, des comédiens, des musiciens, des jongleurs, des magiciens se pressaient pour trouver la meilleure place. Des tentes multicolores, des chapiteaux, des carrioles, on ne savait plus où donner de la tête. De la viande et de la soupe cuisaient et chauffaient en permanence pour nourrir cette foule immense.

« Personne n'était là pour faire du commerce et gagner de l'argent. Tout le monde cherchait à s'amuser.

« À la nuit tombée, à la lumière de feux gigantesques, chacun posait son instrument, ses couverts, sa choppe, ses accessoires, pour célébrer l'esprit des ours. L'animal protecteur, le fauve invincible, l'incarnation du courage. La grande statue de bronze que vous voyez sur la broderie servait de lieu de prière. Selon la tradition, pour s'assurer la protection du dieu ours, il fallait se couper une mèche de cheveux et la déposer au pied de la statue. C'est ce que chacun faisait.

« Et, à la fin de la cérémonie, les cheveux étaient brûlés et les cendres dispersées dans le vent. La joie lors de ces rassemblements était merveilleuse, enivrante.

« Sanarshel a toujours été le lieu des histoires, des contes, des traditions.

– Où est la statue, nous ne l'avons pas vue en arrivant ? questionne Billie.

– C'est normal, elle a été fondue.

– Fondue ?

– Oui, pour faire des armes. À l'heure où d'autres ont pris le pouvoir, il ne fallait plus raconter n'importe quelle histoire et célébrer n'importe quel esprit. Mais vous en apprendrez plus là-haut à ce sujet, au château. Si je pouvais vous en dire plus, je le ferais.

« Maintenant, partez. Partez vite. Les villageois sont généreux et accueillants, mais à condition que l'on ne bouscule pas trop leurs habitudes. Et c'est peu dire que vous sortez de l'ordinaire... Passez par là.

Les trois enfants, passés par l'arrière de l'église, se retrouvent très vite de nouveau seuls. Le chemin grimpe, par endroit il faut même escalader, Marcel a besoin d'aide.

Mais enfin, à force d'avancer comme ils peuvent, les Hinterland se retrouvent au pied du mur d'enceinte.

– Pas de porte.

– Oui, merci, Marcel, on avait remarqué. J'imagine qu'il faut tourner autour...

Grinçant, Colin longe le mur pour trouver une éventuelle entrée.

– Avec un peu de chance, tout est bouclé et nous, on s'en va vite fait.

Depuis qu'il a posé le pied à Sanarshel, il ne pense qu'à Esther. Sa mission et cet obscur oncle Arcadius peuvent bien attendre.

XIII

N'en déplaise à Colin, il y a bien une porte.

Pas bien haute, pas bien grande, certes, mais une porte tout de même. Étonnement, elle est déjà ouverte et elle donne sur un long couloir éclairé.

À l'intérieur, il fait froid et humide. Les murs suintent.

– Regarde, les flambeaux sont allumés, c'est bon signe, fait remarquer Billie pour se donner du courage. Ça veut dire que le château est habité.

– Oui, très bon signe, il y a sûrement un petit déjeuner de bienvenue qui nous attend au bout, lance Colin, sarcastique.

– Tu crois ? demande Marcel. J'ai très faim, moi.

– C'est une blague, Marcel, tu ne penses qu'à manger. Allez, avance. Ne traîne pas derrière comme ça.

Mais Marcel est absorbé par quelque chose.

Il fixe un dessin au-dessus de la porte. Non, ce n'est pas un dessin, c'est un blason, plus exactement : une tête d'ours noir, surmonté d'une couronne, et portant dans sa gueule un objet qu'ils distinguent à peine, juste assez pour constater qu'il est de couleur turquoise, avec des reflets irisés.

– On dirait un coquillage, fait remarquer Marcel.

Mais les yeux de Billie sont fixés sur la devise sous le blason.

SOIS VIGILANT ET SOUVIENS-TOI.

– Pourquoi il faudrait être vigilant et se souvenir ? s'interroge le petit garçon en suivant son regard.

– Peut-être à cause de ça, lui répond, dans l'écho du couloir, Colin sur ses gardes, toujours armé de sa longue pique qui lui rend bien service, décidemment.

Billie brandit le gourdin en bois qu'elle a emporté avec elle et avec lequel elle a assommé tant de poissons-volants quelques heures plus tôt. Quant à Marcel, sa seule protection, c'est de se cacher derrière les deux grands.

Ils fixent une créature de la taille d'un gros chat.

La bête est assise là, au milieu du passage, à une dizaine de mètres des enfants Hinterland. Oreilles pointues, cornes sur la tête, griffes aux pattes. Pas très accueillante.

Elle leur tourne le dos. Un dos voûté, de loin on le dirait recouvert d'un pelage. Dans la pénombre, difficile de la distinguer en détail.

– Hé ho, lance Billie, un peu timidement.

– Hé ho, répond la bête, en rigolant d'une voix nasillarde.

– Est-ce qu'on peut passer ? ajoute Billie, en ne se laissant pas démonter par la situation.

– Est-ce qu'on peut passer ? imite encore la bête.

– OK, c'est un guignol, s'agace Colin. On n'a pas fait tout ce chemin et pris tous ces risques pour s'arrêter au premier obstacle. Viens là, toi.

Et Colin avance, sa pique à la main, bien décidé à passer malgré tout. À la lumière des torches qui illuminent le couloir, le garçon voit son ombre danser sur les murs. L'humidité commence à le saisir. Ce passage est glacial.

Avec la fatigue, il se sent engourdi. Avec la peur, il se sent crispé. Sans la lumière, ce château semblerait abandonné.

Colin fait de tout petits pas, il aimerait tout de même voir le visage de la bestiole, pour être certain de ne pas faire n'importe quoi.

– Reste où tu es, dit alors l'animal. N'avance pas sans comprendre ce que tu fais là.

La bête se redresse et se retourne. Un diablotin montre enfin son visage. De sa gueule dépassent des canines pointues. Son nez retroussé ressemble à celui d'un cochon. Ses yeux sont ronds, globuleux, féroces. De ses bras sortent deux ailes minuscules dont on se demande bien comment elles peuvent l'aider à voler. Sa voix est sinistre.

– Sais-tu seulement qui je suis ? interroge-t-elle.

Les Hinterland ne peuvent s'empêcher de le dévisager et de frissonner à la fois. Ils n'ont jamais vu, en vrai, quelque chose d'aussi laid et effrayant.

– Un monstre. Vous êtes un monstre.

– Un monstre ? Voilà bien un commentaire d'humain. Je suis une gargouille. Et sais-tu seulement où et quand tes congénères taillaient des gargouilles ?

– Aux Temps Anciens, répond Marcel, qui s'est approché discrètement, et qui tend un bras vers la bête.

Des trois enfants, il est celui qui est le moins inquiet, petit garçon fasciné par une bestiole, curieux comme toujours. Il tend le bras pour la toucher, pour avoir la preuve qu'elle existe vraiment.

– Pas touche, petit, mais bravo. Les Temps Anciens. Les temps oubliés par notre époque. Par votre époque, vous autres, les humains trop préoccupés à regarder devant sans réfléchir. Eh bien, vous trois, si vous regardez devant vous à l'instant, si vous décidez de passer ce couloir et d'entrer dans Sanarshel, il vous faudra tenir compte du passé. Nous autres, gargouilles, représentons le mal avec nos figures atroces. C'est ce qu'on dit de nous.

La bête se met alors à faire une grimace plus drôle qu'effrayante.

– Mais c'est un peu faux, ce qu'on raconte sur nous. Nous ne sommes pas le mal. Au contraire, nous avons pour fonction de le repousser. Nous sommes en quelque sorte les gardiens du temple.

Billie et Colin échangent un regard, déjà un peu plus rassurés.

– Quel temple ? questionne Colin, qui s'avance lui aussi, comme Marcel.

– C'est une formule, grand dadais. Le temple, ou l'église, ou le château, ou l'empire, ou la maison, peu importe, nous gardons. Nous donnons l'alerte. Et parfois nous ne sommes pas entendus. C'est le propre de l'homme de mettre en place de quoi se protéger et de ne pas tenir compte de l'alerte. Sanarshel en sait quelque chose...

– Nous cherchons Arcadius, coupe Billie. Notre oncle.

Cette fois, la bestiole ne dit plus rien.

Elle les fixe de son regard de pierre, un regard pourtant expressif, ses yeux se plissent. Essaye-t-elle de lire dans leur cerveau pour savoir s'ils disent la vérité ?

– Votre oncle ? murmure-t-elle. Je m'étonne d'apprendre qu'il a de la famille. Mais si vous le dites. Soit. Entrez donc. Quant à Arcadius... pour le trouver, il vous suffira de répondre à cette petite devinette.

Mon premier est des plus sauvages ;
Dompté par un pointu, de nacre et effilage ;
Le coupable repose dans une cage.

La gargouille décampe d'un coup, d'un bond, elle grimpe le long d'un mur et s'évapore. Les enfants Hinterland ne sont pas certains d'avoir tout compris.

– Aidez-nous ! crie Colin en espérant une réponse qui ne vient pas. Expliquez-nous ce que ça veut dire !

Mais la bestiole s'est volatilisée.

Devant eux, au bout du couloir, s'ouvre une immense cour et, au centre, le grand lavoir rond qu'ils ont aperçu du ciel, ce trou d'eau qui fait la réputation des lieux.

Et il ne faut pas longtemps aux Hinterland pour comprendre d'où vient l'odeur.

Une fumée blanchâtre s'échappe de l'eau, et elle dégage un parfum infect. Les enfants sont obligés de se couvrir le nez. Seule Billie approche...

Le trou est large de huit mètres, il est entouré d'un petit muret en pierre, pas bien haut. Quand Billie se penche par-dessus, elle observe cette eau dont elle a entendu parler.

Elle semble vivante, de couleur indistincte, entre le bleu, le vert, le noir, le jaune, un mélange de lumières et de noirceurs, éclairée par en dessous.

Chose étrange, Billie ne voit pas son reflet comme dans une rivière ou un lac. Imperceptiblement, le niveau de l'eau monte et descend, d'une seconde à l'autre, au rythme d'une respiration. Et de cette eau monte, sans que la fille Hinterland ne comprenne pourquoi, cette fumée nauséabonde.

Elle croit apercevoir des objets au fond de la source mais elle ne parvient pas à leur donner une forme précise.

– C'est un puits ? demande Colin.

– Non, je ne pense pas, lui répond sa sœur. Il n'y a aucun seau, aucun système pour puiser l'eau. Et puis, avec cette odeur, qui voudrait boire ici ? Je pense plutôt à un lieu sacré.

– Sacré ? Comme pour les dieux ?

– Regarde ces tables en pierre.

Billie pointe du menton un alignement de quelques tables qui ressemblent à des autels sur lesquels on aurait pu déposer, par le passé, des offrandes.

Les pieds sont richement sculptés avec des fleurs et, sur le plateau, sous forme de trompe-l'œil, apparaissent des gravures, à même la pierre. Billie suit les contours avec sa main.

Le temps a effacé une partie de ce travail, mais elle devine la silhouette d'une femme représentée dans des habits élégants. Difficile d'en dire plus.

Dans la famille, la passionnée d'histoire, c'est elle. Elle dévore des livres sur toutes les périodes passées, elle aime se plonger dans des époques où les gens ne vivaient pas comme elle, et avec d'autres traditions.

Elle s'imagine souvent vénérant des dieux, des divinités, des fées, des sorciers... une société différente, des mythes différents, des croyances différentes. En tout cas, dans ses livres, des lieux dédiés à des déesses, elle en a vu beaucoup, et ça ressemble à ce qu'ils ont sous les yeux.

– Ça veut dire qu'il y a quelque chose là-dedans, si je comprends bien ?

– Je ne sais pas, Marcel. Cette source me donne l'impression de respirer. Elle est vivante, je dirais, oui, vivante. Ou alors elle aussi est maudite, comme les villageois. Maudite comme tout ce qui respire dans ce château.

Autour d'eux, dans cette cour, il n'y a rien. Absolument rien. Pas âme qui vive. Personne. Pas plus d'objets. Pas de charrettes. Pas d'animaux, à part la gargouille, pas de plantes, pas d'outils. Rien. Juste un sol de terre battu qui laisse une fine poussière rouge sur les chaussures des Hinterland.

– Je voudrais vérifier quelque chose, reprend Billie en s'avançant de nouveau vers la source.

– Billie, tu ne vas pas toucher l'eau. Billie...

La jeune fille avance déjà un doigt vers la surface. Appuyée sur le rebord, penchée en avant, la tête à quelques centimètres de l'eau, elle plonge son index. L'eau est glaciale. De l'eau glaciale qui repand de la fumée.

Incompréhensible.

Et, à la seconde où Billie plonge son doigt, l'eau, pendant un éclair, devient totalement transparente, limpide.

C'est si bref, si rapide et si surprenant que la jeune fille tombe à la renverse, en arrière, comme foudroyée.

– Ça va, Billie ? lui demande Marcel. Tu as eu mal ?

– Non, j'ai été surprise. Je confirme que cette source est vivante, les garçons. Elle respire, j'en suis presque certaine. Et elle respire difficilement.

Pas bien convaincu et toujours aussi anxieux, Colin veut accélérer le mouvement :

– Billie ?

– Oui, Colin ?

– Je crois qu'on devrait partir. Plus on avance et plus on se retrouve face à des énigmes. Des villageois maudits, une source qui respire, une bestiole en pierre et ce soi-disant oncle à trouver. En attendant, Esther est toute seule à Paris, et je trouve qu'on n'a rien à faire là. Et puis, Marcel est trop petit pour ça.

– Je vais avoir six ans et demi, j'te rappelle.

– Oui, justement, Marcel, à six ans et demi, on ne discute pas avec des gargouilles.

Billie connaît les angoisses de son frère et elle sait ce que lui coûte la séparation avec sa jumelle. Il a des moments ainsi, où il se laisse prendre par ses inquiétudes.

Elle s'approche de lui et lui passe la main dans les cheveux. À la fois pour le rassurer et le taquiner.

– Mon Colin, je sais ce que tu ressens. Moi aussi, je me demande ce qu'il va nous arriver. Mais parfois, il faut se dire qu'on n'a pas le choix. Tu voudrais qu'on soit à la maison, bien tranquilles, pendant que notre oncle à des ennuis ? Est-ce qu'on serait fiers de nous à le laisser se débrouiller ? Moi, j'aime autant être utile. J'aime autant chercher une solution. Non ?

Colin détourne le regard et se recoiffe. Il n'avouera jamais qu'il aime bien quand sa sœur lui passe la main dans les cheveux, même si elle le décoiffe à chaque fois.

Il ne dit rien de plus, et cela veut dire qu'il est convaincu. En tout cas en partie. En tout cas pour le moment. Mais où est donc cet oncle Arcadius ?

XIV

À peine Esther a-t-elle descendu les marches de la crypte, 135 marches exactement, qu'elle entend un long cri, interminable cri, à vous glacer le sang.

– C'est pour te faire entendre l'écho, Esther.

L'homme à l'oiseau s'est amusé à hurler pour mieux l'effrayer. Sa voix semble sans fin, la résonnance interminable dans cette immense galerie, le son se répercute à l'infini sur les parois.

Qui est donc ce personnage ? Il prend du plaisir à lui faire peur, quel odieux individu. Que veut-il ? Lui réserve-t-il le même sort qu'à ses parents ?

Et puis, pourquoi descendre dans la crypte des Rois ?

C'est un lieu interdit depuis longtemps, tout le monde sait qu'il existe mais personne n'y met les pieds. De ces lieux dont on finit par se demander s'ils sont réels ou justes inventés.

Mais il y a chez Esther cette attirance pour le mystère et le secret. C'est parfois un sujet de dispute avec son jumeau. Elle ne peut s'empêcher de vouloir comprendre, découvrir ce qui se cache derrière.

Colin n'est pas du tout comme ça. C'est aussi la raison pour laquelle Esther ne résiste pas à l'homme à l'oiseau. Elle veut voir. Elle veut être l'une des rares à voir cette crypte. Elle ne sait pas si elle doit être terrifiée ou impatiente.

Dans ce lieu souterrain, loin du soleil, la végétation a poussé et pris le pouvoir.

Au milieu des lianes et du feuillage coule une rivière intérieure large de trois mètres, rivière qui alimente des dizaines de fontaines.

Dans le mur, des artisans ont sculpté ce qui ressemble à des pyramides à degrés comme le faisaient jadis les Égyptiens. Tout est grand, très grand, immense.

Pour Esther, il est incompréhensible d'accorder autant de soin à une sépulture que personne n'a le droit de visiter.

Une forme de gâchis à se donner tant de mal pour une tombe.

C'est donc là que les rois sont enterrés. Dans ce monde souterrain, en toute logique, abandonné.

– N'est-ce pas magnifique, Esther ? Je ne vois plus rien, mais je sais ce que tu ressens. Je sais que tu es impressionnée.

– Pas du tout, riposte Esther, mais il lui semble que l'homme à l'oiseau entend son cœur battre à tout rompre. J'ai déjà vu mieux.

– Non, tu n'as jamais vu mieux, Esther. Fais encore ta fanfaronne, si tu veux, mais ça ne durera pas.

Esther connaît l'histoire des Rois déchus, vaincus. Billie la lui a racontée plusieurs fois.

XXVI

Un peu d'histoire. Remontons le temps.

Pourquoi les Rois ont ainsi terminé, enterrés dans les entrailles de Paris ? Volontairement exilés ? Avec l'espoir d'être réduits à l'oubli ? Dans un mausolée d'une telle ampleur ?

Les livrcs racontent une partie de la vérité. Unc partie seulement.

Pour comprendre ce qui se passe aujourd'hui pour les enfants Hinterland, laissez-vous transporter dans le passé. Sept siècles en arrière.

Paris ne s'appelle pas encore Paris mais Pantruche. Notre-Dame, le Louvre, la Concorde, n'existent pas. Pas même en projet. La ville est bien plus modeste.

On y pêche, on y bâtit des maisons sommaires, on y fait du commerce.

Une ville comme les autres. Une ville qui n'intéresse pas grand monde.

– Ne coupe pas cette branche, tu vois bien qu'elle a encore des fruits.

La voix qui s'élève, toujours un peu ronchonnante, c'est l'un des Planteurs. Plus personne ne se souvient de leur nom de famille, on les appelle les Planteurs, un point c'est tout.

En réalité, ce sont des jardiniers pas comme les autres. Ils ont installé des dizaines de serres sur les hauteurs de la ville, sur une colline que l'on appelle déjà Montmartre.

Il n'y a rien là-haut, rien de construit en tout cas, en revanche, il y a de la terre, bien bonne, bien fertile. Alors, les Planteurs, une et même famille, ont décidé de cultiver le terrain.

En quelques années, ils ont planté des arbres fruitiers et dans les serres, alignées comme autant de petites maisons de verre et de bois, ils ont planté tous les végétaux possibles.

– Récolte ce que tu peux et va au pressoir. On le taillera plus tard, celui-là.

Celui qui donne les ordres, c'est Angus. Moustache épaisse, chauve, des mains comme des enclumes, toujours recouvertes de terre, un grand tablier en cuir.

Avec son épouse Maguy, ils fixent les règles d'exploitation. Le jour où il faut planter. Le jour où il faut récolter. Le jour où il faut tailler. En murmurant, pour ne pas qu'ils entendent, on raconte que leur sang est vert, comme celui des plantes. Ce n'est pas vrai, leur sang n'est pas vert, mais on aime y croire.

Avant de s'installer à Pantruche, Angus et Maguy ont fait le tour de la planète et récolté des graines de toutes les espèces possibles. Des fleurs, des arbres, des plantes aromatiques, des cactus, des lianes...

Si cela pousse dans la terre, alors pour eux, c'est intéressant. Ils ont accumulé la plus formidable collection de végétaux, et ils les cultivent. Non pas pour en faire de l'argent, mais pour soigner.

Angus et Maguy ont eu dix-huit enfants, certains sont installés loin de Pantruche, ils se chargent ainsi de réunir de nouvelles espèces. C'est un ouvrage sans fin.

– Notre travail, dit souvent Maguy avec sa voix délicate, c'est de réunir la mémoire de la planète. Ce qu'elle produit, ce qu'elle nous offre. Nous sommes comme des bibliothécaires. Mais nous ne classons pas des livres, nous classons des plantes. Et nous nous en servons.

Le Verger des Planteurs, le nom de leur potager géant, est donc à la fois un lieu où l'on cultive et un lieu où l'on soigne. Angus pour le travail de la terre. Maguy pour la médecine.

Les serres sont toutes de la même taille, un rectangle de 50 mètres de long sur 7 mètres de large, constituées essentiellement de verre pour laisser passer la lumière.

Elles possèdent toutes un toit, de verre lui aussi, pointu. Les structures sont en chêne, des planches peintes dans un vert puissant. Il y a exactement 65 serres.

L'ensemble est immense, vous l'imaginez. Il faut toute l'habitude d'Angus pour se repérer dans ce labyrinthe. Et au milieu de ces serres trône la maison des Planteurs.

Sur cinq étages, elle a été bâtie entièrement en bois, tout en hauteur. Elle vous rappelle sans doute quelque chose.

Les quatre pommiers qui l'entourent vous rappelle peut-être aussi quelque chose....

Au rez-de-chaussée de cette maison, Maguy a installé une sorte de salle, où elle prend soin de ceux qui en ont besoin. Gratuitement. C'est la règle.

Elle soigne les riches ou les pauvres, les maladies sans importance ou les plus graves. La seule obligation, c'est de venir jusqu'à elle, au Verger. Maguy et Angus ne sortent plus. Ils ne quittent jamais leur territoire. Ici, c'est un sanctuaire, leur sanctuaire.

Ils savent bien que, dans Pantruche, il y a des temples dédiés à tous les dieux possibles et imaginables de la médecine : Asclépios, Horus, Dhanvantari, Diancecht...

Après un rétablissement, chacun va rendre hommage et remercier le dieu qui a sa préférence, en allumant une bougie, en sacrifiant une bête ou en donnant de l'argent.

Angus et Maguy s'en moquent. Au fond d'eux, ils connaissent la vérité. Ce ne sont pas les dieux qui sont pour quelque chose dans une guérison, ce ne sont pas des miracles, ce sont les connaissances fabuleuses de la famille des Planteurs.

Les plantes, à qui sait leur parler, révèlent les plus formidables vérités. À qui sait leur parler et les écouter.

Et les Rois dans tout ça, me direz-vous ?

Les Rois, les voilà.

Le savoir est un pouvoir, et le pouvoir finit toujours par attirer l'attention. Un matin, un homme harnaché comme s'il partait à la guerre, avec un casque, une épée et une armure rouge, s'est présenté à la porte du Verger. Il est entré. C'est toujours ouvert, de toute façon.

Sans descendre de son cheval, il a lu un texte déjà rédigé.

Angus s'essuyait les mains en l'écoutant, Maguy était sortie de la maison, elle portait comme toujours sa blouse bleu claire, aux manches retroussées, et un foulard dans le cheveux.

Au départ, tout ce cérémonial les amusait. À quoi bon débouler en armure au Verger, ça n'avait aucun sens, aucun danger ne mérite d'être combattu par ici. Pourtant, très vite, le sourire moqueur d'Angus a disparu.

– Le dénommé Angus Planteur devra se présenter dans 12 jours en la capitale du Roi Rouge. Il y répondra de ses pratiques et de ses projets.

– Quelles pratiques ? Quels projets ? Il veut apprendre à bêcher, le Roi Rouge ?

Mais le cavalier n'a pas pris la peine de répondre, il est reparti comme il est venu, aussi vite, dans le même bruit de sabot et de fer.

Les Rois s'invitaient pour la première fois dans la vie des Planteurs, et ça n'était pas réjouissant.

Des Rois, il en existait dix. Et comme vous l'avez deviné, chacun portait une couleur : Bleu, Jaune, Blanc, Rouge, Vert, Noir, Rose, Orange, Marron, Gris.

Ils s'étaient répartis les couleurs « essentielles », et répartis le monde connu. Ainsi, la vie leur appartenait.

Au Roi Vert, la végétation. Au Roi Noir, la nuit. Au Roi Jaune, la lumière. Au Roi Bleu, les océans... et au Roi Rouge, le Corps Humain, le sang.

Chacun possédait sa propre armée de la couleur de sa puissance. Chacun possédait une capitale et, parfois, plusieurs, à travers la planète et selon sa couleur, là encore.

Le Roi Bleu avait fait construire une somptueuse cité portuaire au bord de l'Océan Pacifique.

Le Roi Vert vivait la plupart du temps dans la plus grande forêt de la planète.

Le Roi Gris passait la moitié de l'année dans une ville aérienne, estimant que son royaume méritait les nuages.

Le Roi Blanc savourait les neiges éternelles des montagnes les plus hautes.

Ils possédaient à eux dix une fortune considérable et une autorité sans limite.

Certains racontaient qu'ils étaient frères, d'autres que c'était la même personne capable de se démultiplier, d'autres encore qu'ils étaient des divinités ayant créé la terre.

Seule certitude, à eux dix, ils écrasaient le monde vivant de leur domination. Tous ceux qui cherchaient à leur contester le pouvoir étaient emprisonnés dans l'une de leurs prisons, où ils finissaient par disparaître à jamais.

Les Rois s'amusaient à laisser croire qu'ils étaient peut-être des demi-dieux.

Ils n'étaient, en réalité, que des hommes.

Néanmoins, la vie devait s'organiser selon leurs règles, selon leurs envies, selon leurs désirs parfois les plus fous et les plus incompréhensibles.

Ce n'était pas une nouvelle rassurante que d'être convoqué comme l'était Angus.

Mais avait-il le choix ?

Angus prit donc la route pour se rendre dans l'une des capitales du Roi Rouge, comme l'ordre le lui avait été donné.

– Je viens aussi.

Maguy n'avait pas l'intention de le laisser partir seul.

– Hors de question. Il y a du travail au Verger. Tu restes ici pour protéger les récoltes qui arrivent bientôt et pour soigner ceux qui se présentent. Que veux-tu qu'il m'arrive ? Nous ne sommes pas des délinquants, si ?

– Tu sais bien que les Rois n'ont besoin d'aucune raison valable pour faire le mal.

Angus le savait, oui, personne n'ignorait la cruauté gratuite des Rois. Et pourtant, il prit la route. À pied. Seulement accompagné d'un âne sur lequel il transportait quelques-unes de ces plantes et des potions fabriquées avec. Sait-on jamais ! En route, il pourrait avoir à prodiguer des soins.

Il lui fallut neuf jours de marche pour arriver à la capitale du Roi Rouge.

– Bienvenue dans la ville du courage et du sacrifice, claironna à son entrée par la porte principale l'un des hommes de garde à Angus Planteur, homme de garde portant lui aussi un casque rouge, comme tous les autres le long de l'immense fortification.

Du sol au toit, tout, absolument tout était rouge. La terre utilisée pour les bâtiments était d'abord séchée au soleil puis cuite au four.

Donnant cette couleur si particulière. Si angoissante aussi.

Dans la rue principale, les commerçants se succédaient : le boucher et sa viande de bœuf suspendue à des crochets, le maraîcher et ses tomates, ses fraises, son raisin, le fleuriste et ses coquelicots...

Au loin, Angus pouvait déjà voir s'élever la demeure du Roi Rouge. Une bâtisse composée de plusieurs tours, de tailles différentes, les unes très fines, les autres plus larges, donnant un spectacle désordonné et majestueux à la fois.

Pourquoi autant de tours ? Comme si les architectes avaient fait plusieurs essais avant de choisir et de trouver la bonne formule.

Avant de parvenir à la porte de la demeure, Angus devait encore traverser un dernier quartier, et non des moindres.

Le Roi Rouge estimait avoir le pouvoir sur le corps humain, comme le sang rouge qui circule dans les veines. Il avait donc ordonné que de nombreux médecins s'installent chez lui.

Tous ces médecins avaient leur échoppe au pied de la résidence du Roi.

Comme de coutume, tous portaient la même grande cape rouge et, sur le visage, un masque ressemblant à un masque d'oiseau, avec un long bec recourbé. C'était l'uniforme de rigueur pour qui se prétendait médecin.

Dans leurs officines, sur les étagères, on pouvait voir de l'extérieur s'accumuler des fioles, des instruments coupants, d'étranges machines d'observation.

– Il faut être fou ou désespéré pour entrer là dedans, se disait Angus.

Il avait entendu des rumeurs sur la cité du Roi Rouge, mais il n'y croyait qu'à moitié. En réalité, la rumeur était en dessous de la réalité. La ville ressemblait à ces Rois : effrayante.

Angus arriva à l'heure à la convocation. Il patienta pourtant trois jours, au même endroit, dans la même pièce du rez-de-chaussée du château. Trois jours à dormir par terre, à grignoter ses provisions (le peu qu'il lui restait), et à s'inquiéter.

Et puis, une nuit, au milieu de l'obscurité épaisse et froide, un garde ordonna à Angus Planteur de le suivre.

Mal réveillé, engourdi, Angus récupéra son barda, frotta son tablier de cuir, et suivit ce garde dans la pénombre du château.

Ils marchèrent longtemps, trop longtemps pour qu'Angus soit capable de se remémorer le parcours. Et, après avoir marché, ils montèrent.

Le Jardinier s'attendait à être reçu dans une salle immense et fastueuse, pas du tout. Ils montèrent, avec le garde, un nombre incalculable de marches, dans une tour étroite et mal éclairée.

Enfin, le garde s'arrêta et cogna de sa main gantée de fer une porte de bois.

– Entre.

Le garde ouvrit la porte, poussa Angus à l'intérieur et referma aussitôt.

À la lueur de la cheminée et de quelques bougies, Angus découvrit une chambre aux murs recouverts de draperies rouges, un simple lit, un bureau et des dessins à l'encre rouge.

C'était donc une obsession, cette affaire de couleur. Un fauteuil aussi avait été installé face au feu de cheminée.

Le Roi Rouge attendait là. De côté. Un homme rabougri, petit, dont les pieds touchaient à peine le sol, voûté, aux mains décharnées et au souffle court.

Plus surprenant encore, il portait devant le visage un voile, si bien qu'il était impossible de l'observer.

– C'est toi, le Planteur ?

– Oui.

– Oui, Roi.

– Oui, Roi, s'exécuta Angus, pétrifié par la situation.

Il se trouvait seul avec ce monarque.

– On dit de toi bien des choses, le Planteur. Des choses élogieuses et miraculeuses. J'en conclus que tu es soit un charlatan, soit un démon. Que préfères-tu ?

– Roi, je ne suis ni l'un ni l'autre. Je ne suis qu'un cultivateur. Bien modeste.

– À qui crois-tu t'adresser ? À un simple marchand ? Je sais tout de toi, de ton domaine, de tes serres, des files d'attentes pour être soigné, des espoirs que tu suscites.

De sa voix éraillée, le Roi Rouge ne parvient pas à crier comme il le voudrait, mais il est menaçant. Diablement menaçant. À l'entendre, on pourrait croire qu'il parle avec quelque chose dans la bouche.

Après une quinte de toux, il reprend non sans difficulté.

– Tu vas faire avec moi ce que tu fais à tous les pouilleux qui frappent à ta porte : tu vas me soigner.

– Disons que c'est surtout ma femme Maguy qui soigne…

– Une femme qui soigne, tu m'en diras tant. Eh bien, si ta femme réussit, tu dois pouvoir faire bien mieux, Planteur.

Il y a dans cette pièce une odeur putride, une odeur de maladie, une odeur d'étouffement, comme si personne n'avait ouvert une fenêtre pour aérer depuis des mois.

D'un geste maladroit, le Roi Rouge parvient à se lever, il manque trébucher et vient se planter devant Angus. Le Roi est beaucoup plus petit. Angus penche la tête vers lui.

– Regarde, le Planteur. Regarde et soigne.

Très lentement, le Roi Rouge soulève son voile.

Angus retient un mouvement de recul. Les oreilles, le nez et la langue du Roi Rouge ressemblent à de la pierre, de la pierre fendue, comme si une partie de son visage était prête à se casser, à s'effriter comme un vulgaire caillou.

– Soigne, Planteur. Soigne-moi. Tu entends ?

XXVII

– Les pages continuent à brûler, si on ne s'active pas, il n'en restera bientôt qu'un morceau de bois dur et noirci, dit Billie, le livret en main.

Le temps presse. Depuis le début, les enfants doivent tout faire au pas de course, courir après un temps qui n'est pas seulement le leur. Un temps qui recouvre la vie de gens qu'ils n'ont jamais vus. Un temps qui semble aussi parfois recouvrir des époques qu'ils n'ont pas connues.

– Allons à l'intérieur, fait Billie en ouvrant la voie.

Dans le bâtiment, les pièces sont toutes sur le même schéma, elles s'enchaînent pour former un cercle à la manière de la forme du château. Avec une particularité, les murs sont recouverts du sol au plafond par des décorations. Et il y a des thématiques pour chaque salle.

– Quel bazar !

Marcel s'étonne et s'amuse de la première salle dans laquelle il entre.

– Ce n'est pas le bazar, c'est au contraire très ordonné, lui fait remarquer sa sœur.

Tout autour d'eux dans cette pièce, il n'y a que des armes. Des armes à feu d'un côté, des épées de l'autres, des poignards, des arcs... Même les rideaux et les tapis représentent des armes. Une incroyable collection.

Marcel est subjugué par une arbalète de bois noir et aux flèches d'ivoire. Et, sous chaque objet, une rapide description, une époque, et la matière dont l'objet est composé.

– Venez voir par ici, il y a de quoi faire la cuisine.

Colin est dans la pièce juste à côté et le spectacle est à peu près le même sauf qu'à la place des pistolets, on trouve des assiettes.

Sur un pan de mur la porcelaine. Sur un autre le fer. Sur un troisième les assiettes en bois. Sur le dernier pan de mur les assiettes en terre cuite.

Certaines sont peintes, d'autres sculptées ou à l'état brut.

Billie essaie alors d'en décrocher une qui lui plaît beaucoup, elle représente ce qui ressemble à une haute maison de bois. Après plusieurs tentatives, elle essaie d'en prendre une autre. Pas plus de succès.

– Elles sont fixées aux murs. C'est de la décoration. Ou un musée. Oui, on dirait un musée.

– Wouaaah !

– Qu'est-ce qu'il y a, Marcel ?

Deux pièces plus loin, Marcel a découvert son paradis. La salle consacrée aux outils. De ses doigts il touche chacun d'eux, en tout cas, ceux qui sont à sa hauteur, des ciseaux à bois, des tournevis, des scies, des limes... un atelier géant.

– Il n'y a bien que toi pour t'émerveiller devant une boîte à outils, le taquine Colin, qui ajoute aussitôt à destination de sa sœur, rien ne t'étonne, Billie ?

– Tout m'étonne, mais qu'est-ce que tu veux dire ?

– À part les objets sur les murs, il n'y a rien dans ces pièces. Même pas une table ou une chaise. Pas une cheminée pour se chauffer. Rien du tout. Soit tout a été retiré, soit ce n'est pas ici que vivent les habitants du château. Ici, c'est pour la frime. Pour épater le monde.

Étonnés et parfois subjugués par ces collections, en particulier, celles des animaux où les enfants retrouvent la tête d'un poisson volant auquel Marcel fait d'affreuse grimaces, les Hinterland en finiraient presque par oublier qu'ils sont là pour trouver Arcadius. Son nom n'apparaît nulle part. Sur aucune inscription.

Ce château agit comme un envoûtement sur eux trois.

Comme si, entre ces murs, les époques se mélangeaient entre elles, ne faisant plus qu'une. Comme si, entre ces murs, toutes les histoires ne devenaient plus qu'une seule et même histoire.

Pour un peu, ils se laisseraient bercer par cette douceur apparente.

– ARCADIUS !

Billie et Colin bondissent.

– ARCADIUS !

– Mais ça ne va pas de hurler comme ça, Marcel !

– Ben quoi, on n'est pas là pour lui ? C'est comme ça qu'on fait, non, pour retrouver les gens ?

Marcel ne fait certes pas apparaître le vieil homme mais il a le mérite de sortir ses aînés de leur torpeur. Ces pièces immenses, ces milliers d'objets n'apportent aucune réponse. Autour d'eux, le silence est mortel.

– Il est mort, c'est certain. Le livret de famille est en retard, il est mort depuis longtemps. C'est une maison abandonnée, regarde.

Alliant le geste à la parole, passant les doigts sur le rebord d'une fenêtre, Colin fait tomber une épaisse poussière.

– Sauf si tout cela n'est qu'une façade, réfléchit Billie.

– Une façade ? Une illusion, tu veux dire ?

– Exactement, peut-être qu'il faut chercher par-delà les murs. Côté pile, le château semble déserté. Côté face...

– Côté face ?

– Je n'en sais rien, mais c'est la seule option, sinon, c'est qu'Arcadius n'existe pas et que sa maison est une coquille vide.

Colin sent monter en lui l'exaspération. Tout ça pour rien. Tous ces dangers, la séparation avec Esther pour courir après un bonhomme dont ils ne savent même pas s'il vit encore dans ce vieux taudis poussiéreux.

– L'énigme !

Billie et Colin se tournent vers Marcel.

– L'énigme de la gargouille ! Il faut la résoudre pour trouver Arcadius. C'est elle qui l'a dit.

– Elle a dit beaucoup de choses, lance Colin, maussade.

Mais Billie l'ignore.

– Qu'est-ce qu'il a raconté, déjà ? Mon premier est sauvage.... Mon premier est des plus sauvages...

– Un animal ? propose Marcel.

– Oui, peut-être. Mais un animal que l'on ne peut pas domestiquer. Et après, vous vous souvenez de la suite ?

– Dompté par un pointu, de nacre et effilage... ça veut dire quoi, ça ? C'est du charabia.

Bille est tout aussi perplexe que son frère.

– Et la troisième ligne ? s'interroge-t-elle.

– Un machin avec une cage... un coupable ?

– Le coupable repose dans une cage, achève Colin, presque malgré lui.

– Oui, c'est ça ! fait Billie. Bon, on se souvient de l'énigme. Mais maintenant, il faut la résoudre. Tu as une idée, Colin ?

Mais le garçon s'est affaissé sur le sol, planté là, en tailleur, les coudes sur les genoux et le menton dans les mains.

Il boude.

– Colin, active-toi, on a besoin de toi. Arrête les gamineries. Fais un effort.

– Toi, arrête avec tes leçons de morale. Des efforts, j'en fait autant que toi.

Le soupir de Billie en dit long.

Inutile d'insister. Mais après quelque temps, l'aînée des Hinterland, lassée, baisse les bras elle aussi. L'énigme n'a ni queue ni tête. Trouver Arcadius semble mission impossible.

Seul Marcel continue à gambader dans tous les sens.

– Je suis allé dans la salle aux animaux, Billie, mais il y en avait des centaines ! Un vrai zoo. Comment est-ce que je peux faire pour trouver celui de l'énigme ?

– Tu ne peux pas, Marcel, lâche Colin. Alors, ça ne sert à rien d'essayer.

Mais le petit garçon continue ses allers-retours, infatigable.

– Oh !

Il vient de pousser un cri.

– Marcel ? Ça va ?

Le petit garçon ne répond pas.

– Marcel ? Marcel !

Inquiète, Billie se lève et suit le son de la voix de son frère.

Elle le trouve dans l'une des vastes salles de Sanarshel dont les murs sont recouverts de peintures.

– Réponds-moi quand je t'appelle, le sermonne-t-elle.

– Mais regarde, Billie. Regarde comme ce tableau est bizarre. Qu'est-ce que c'est ?

Le petit garçon pointe du doigt une toile. Le cadre est recouvert de feuilles d'or, et une couronne trône en haut, comme posée là.

Billie reconnaît tout de suite la scène qui est peinte.

– Il s'agit de l'arrestation de l'un des Rois du passé. Si j'en crois par les couleurs, c'est le Roi Rouge. Ce que tu vois là, c'est le moment où il a été transporté dans une cage jusqu'à la prison où il a été enfermé ensuite, avant de mourir empoisonné.

– Une cage ?

Les regards de Billie et Marcel se croisent. La cage. Le coupable dans une cage.

– Mais oui !

– Qu'est-ce qu'il y a ? interroge Colin qui arrive à son tour.

– Le coupable dans l'énigme, c'est le Roi, et le Roi porte...

– Une couronne, hurle Marcel. Fais-moi monter sur tes épaules Colin, la couronne, elle est là, dit-il en pointant du doigt le haut du cadre.

Il ne faut pas plus d'une minute à Marcel pour la décrocher.

Il s'amuse à la poser sur sa tête, elle est bien trop grande pour lui. Il la tourne et retourne dans tous les sens comme si elle pouvait lui en apprendre plus.

– Donc si je comprends bien, on a trouvé l'objet qui correspond à une partie de l'énigme !

– Exact Colin. Mais une partie seulement. Pour le reste... je ne suis pas certaine qu'on soit bien avancé, reconnaît Billie.

Le silence s'empare de nouveau des enfants. Encore une fois, ils bloquent sur le reste de l'énigme, ils tournent en rond, observant sans relâche tout ce qui les entoure, cherchant un indice, une lueur, un miracle.

– Je ne vois pas ce qu'on cherche, finit par dire tout haut Billie. On ne peut pas trouver si on ne sait pas ce qu'on cherche. C'est peine perdue. Réfléchissons avant de nous disperser dans tous les sens.

– On ne fait que ça, non ? Réfléchir ? rétorque Colin d'un ton de plus en plus acide. En tout cas, moi, je ne peux pas faire plus. Et puis, il y a trop d'objets partout, je n'arrive plus à me souvenir de ce que j'ai déjà examiné ou...

Il est interrompu par la voix de Marcel.

Du fond d'une autre salle, toujours à l'affut, il a repris la phrase de son frère, il la répète à voix haute.

– « Je n'arrive plus à me souvenir »... Souviens-toi. Sois vigilant et souviens-toi. La devise sur le blason !

Billie pousse un cri de joie inhabituelle chez elle.

– Évidemment ! Pourquoi n'y ai-je pas pensé ? Le blason à l'entrée du château. Une tête d'ours surmontée d'une... couronne. Colin, vite, file dans la salle des animaux et trouve une tête d'ours. Ça doit bien exister dans un endroit pareil.

Effectivement, cela existe. Une belle tête d'ours, d'un pelage sombre, presque noir. Colin a du mal à la transporter. Et de deux.

– Le machin sauvage, c'est l'ours, c'est ça ?

– Exact, Marcel.

– Donc il nous manque le truc en nacre et effilage. C'est quoi, du nacre, Billie ?

– C'est une matière qui provient d'un coquillage. Le genre de coquillage qui abrite parfois des perles.

– Un coquillage ! répète Marcel. Comme l'objet qui était dans la gueule de l'ours. Il faut chercher un coquillage ?

La jeune fille a les sourcils froncés.

– Peut-être... mais pourquoi l'énigme parle-t-elle d'effilage, dans ce cas ?

– C'est quoi, effilage, Billie ?

– Je crois que c'est pour les cheveux, on effile les cheveux, quelque que chose comme ça.

– Il faut qu'on cherche une perruque? questionne Marcel, sans trop y croire lui-même. Un coquillage et une perruque ?

– Mais pas du tout, fait soudain remarquer Colin qui se mêle à la discussion quand il le veut bien. Effilage, c'est pour un couteau. C'est la partie qui coupe.

– Si tu le savais, pourquoi tu ne l'as pas dit plus tôt, Colin ? Tu veux dire qu'on cherche donc un couteau ?

– De nacre, ajoute le jumeau qui reprend des couleurs.

Dans un même élan les voilà tous les trois qui se précipite dans la salle des armes. Là encore c'est un labyrinthe.

Aux murs, dans des caisses, dans des vitrines... ils fouillent et retournent tout ce qu'ils voient et le résultat ne se fait pas attendre.

Derrière une vitre, discrètement posé là, pas du tout en évidence, un petit couteau. Un travail fin et délicat. Le manche taillé dans de l'ébène. Le fourreau recouvert d'un nacre multicolore aux reflets somptueux. Quant à la lame, aucun doute possible, elle est plus tranchante encore que les dents des poissons-volants. À bien y regarder c'est exactement l'objet qui apparaît sur le blason de l'entrée du château. Cette fois, les Hinterland ont tout sous la main.

Avec beaucoup de soin ils positionnent la couronne sur la tête de l'ours et dans sa gueule le couteau de nacre.

Et là... rien.

Ils attendant encore un peu, guettent le moindre bruit, le moindre mouvement.

Rien.

Plus furieux que jamais, Colin laisse éclater sa colère.

– C'est dans les mauvais livres que ça marche, ces trucs ! J'aime pas cet endroit, c'est pourri, ça pue, ça sent la vieillerie, comme cette gargouille de tout à l'heure.

– Eh oh, un peu de respect !

Tous se retournent. La gargouille vient de refaire son apparition, toujours aussi laide et toujours aussi satisfaite d'elle-même.

Cette fois, c'est la colère froide de Billie qui s'empare de la discussion.

– Gargouille, on s'épuise à trouver une réponse qui ne vient pas. Comment sommes-nous censés comprendre ton énigme ? Si Arcadius n'est pas ici, dis-le, et arrêtons les jeux. Nous n'avons pas le cœur à cela.

Le ton calme et cassant à la fois de l'aînée des Hinterland impressionne la gargouille.

– Je ne suis ici qu'un exécutant, les enfants. Le blason de Sanarshel est bel et bien une énigme, une énigme que vous venez de résoudre. Si j'avais pu vous aider, je l'aurais fait bien volontiers. Il vous fallait réunir ces objets. C'est tout et c'est déjà beaucoup. Il n'y a pas de tour de magie. Désolé. À présent, et puisque vous avez réussi, mon rôle est de vous mener à Arcadius. Veuillez me suivre, ne tardons pas, comme vous l'avez dit, le temps manque.

De ses pattes griffues, la gargouille n'a aucun mal à grimper au mur, au plafond, tête à l'envers, et, d'un bond, à se suspendre au lustre de cristal, grand lustre illuminé par le reflet de la lame du couteau de nacre posé au centre de la couronne. Comme une cible.

Le lustre s'abaisse d'un seul coup.

– Il suffisait de tirer dessus, c'était pas bien compliqué, fait remarquer Colin, un peu vexé de ne pas avoir trouvé l'ouverture lui-même.

Un minuscule passage est apparu dans l'un des murs. Il faut se mettre de profil pour y entrer.

Derrière, dans l'obscurité, un escalier en colimaçon, bien petit comparé à la taille du château.

En haut de cet escalier, une porte en fer forgé.

Derrière cette porte en fer forgé, l'étage.

À l'étage, une merveille de bibliothèque, des livres par milliers, des tables par centaines et au milieu de ce trésor de mots, un homme penché sur du papier, drôle de casque sur la tête, visiblement épuisé.

XXVII

Autant ne pas faire de mystères plus longtemps. Angus parvint à sauver le Roi Rouge. Très vite, le monarque reprit des forces et recommença ses sorties, au grand jour, à visage découvert. Une dernière fois, il convoqua Angus :

– Rentre chez toi, Planteur. Tu seras dûment récompensé. Tu le mérites.

– C'est inutile, c'est mon devoir, Roi.

– Tu refuserais une récompense ?

– À votre bon vouloir.

Le Roi Rouge le fixa et découvrit une menace.

– Disparais. Puisse la vie m'épargner de croiser ta route de nouveau, Planteur.

De retour chez lui, Angus célébra avec Maguy la fin de cette épreuve. Tous les deux, avec quelques-uns de leurs enfants présents ce soir-là, s'offrirent un répit. Ils ignoraient alors que ce serait leur dernier repas tous ensemble.

Au soleil levant, dans les tous premiers rayons, les cuirasses rouges ne passèrent pas inaperçues. Angus était rentré la veille. Seulement la veille. La plupart des habitants de Pantruche dormaient encore, à part le jeune Eliot.

Amateur de pêche, Eliot aimait venir sur le bord du fleuve à la fin de la nuit dans la tranquillité et la fraîcheur.

Venant du sud, il entendit d'abord le piétinement des chevaux, il vit ensuite l'éclat des armures. Jamais l'armée du Roi Rouge, jamais l'armée d'aucun des Rois, n'avait fait son entrée à Pantruche.

Et pour Eliot, le lien était tout trouvé avec les Planteurs.

Dans la ville, personne n'ignorait qu'Angus venait d'y passer plusieurs jours, contraint et forcé.

Même en courant vite, et Eliot courait vite, le chemin du fleuve au Verger était long et il grimpait.

Au moment où les cris d'alerte du jeune garçon réveillèrent Angus et Maguy, les premiers cavaliers du Roi Rouge entraient chez les Planteurs.

XXVIII

– C’est lui.

– Tu es sûre ?

L’excitation monte. Le voilà donc, celui qu’ils cherchent depuis le début. Le fameux Arcadius. Les enfants Hinterland ont réussi.

Et, de toute évidence, même de loin, il est vivant, bien vivant, leur mission est sur le point d’être réussie. Et ça valait bien la peine de se donner tout ce mal. Les trois enfants se serrent les mains et se prennent dans les bras. Quel soulagement.

De là où ils sont, ils devinent un homme aux cheveux courts, très courts, d’un blanc éclatant avec une moustache tout aussi blanche qui remonte sur ses joues rebondies. Il a de grandes oreilles, presque disproportionnées.

Il est voûté et replié sur une table, un pupitre. Un pupitre comme il en existe des centaines d'autres dans cette bibliothèque.

Quittant Arcadius des yeux, les Hinterland mesurent soudainement dans quel incroyable lieu ils ont mis les pieds.

Des livres. Des livres. Des livres. Ils débordent de tous côtés. Autant les autres pièces sont parfaitement ordonnées, autant ici c'est un capharnaüm.

Sur des hauteurs extravagantes, des piles de bouquins vieux ou plus récents. On redoute presque d'être pris sous une avalanche tant l'équilibre parait précaire.

Certains sont ouverts et posés par terre. D'autres tiennent en équilibre sur les étagères massives. D'autres encore forment des tas, plus ou moins hauts, des pyramides de livres en somme.

Mais avec l'éclairage jaune-orangé qui filtre à travers les carreaux des immenses fenêtres, l'image est de toute beauté. Même pour ceux qui comme Marcel n'aime pas particulièrement la lecture.

Marcel, d'ailleurs, qui, comme souvent, prend les devants.

– Marcel, attends !

Trop tard, il est déjà à côté de l'homme penché sur son papier à griffonner et griffonner frénétiquement. Le garçon lui tapote le coude, mais c'est à peine si le vieux bonhomme ne réagit.

– Monsieur ? Monsieur ? C'est vous, l'Arcadius ? Monsieur ? On est venus pour vous.

– Pas le temps. Pas le temps.

– Moi, c'est Marcel, elle, ma grande sœur, Billie, et lui, mon grand frère, Colin. On vous cherchait.

– Pas le temps. Pas le temps.

L'homme n'a toujours pas levé les yeux vers les enfants. On pourrait le croire possédé, dément, dépassé, autour de lui ce sont des milliers de pages qui s'accumulent dans un fouillis incroyable.

Aucun doute possible, c'est bien Arcadius, c'est lui qui apparaît dans le livret de famille, lui dont la photo brûle peu à peu à mesure que le temps passe.

Avec une longue plume à la main, outil archaïque, Arcadius écrit sans relâche sur des feuilles blanches. Quand il en termine une, il la jette au sol sans aucun soin pour aussitôt en reprendre une autre.

Dans la lumière, tout autour de lui, des particules en suspension. Il a l'air usé, vieilli, presque malade. Il marmonne.

Impossible de comprendre ce qu'il dit, il n'articule pas.

Arcadius se parle à lui-même comme si personne ne l'entourait. Il ressemble à un vieil objet parmi d'autres vieux objets. Un vieil homme auquel plus personne ne parle, de la même manière que plus personne n'a l'air de lire les livres si nombreux.

Colin retrouve d'ailleurs la même odeur que dans les bibliothèques où on ne met plus les pieds depuis des années, quand le cuir et le papier dégagent une odeur d'humidité et de légère pourriture, quand le cuir et le papier sont à l'abandon, que personne n'est là pour tourner les pages et raconter les histoires.

Un lieu à l'abandon. Arcadius donne le sentiment d'être à l'abandon.

En s'approchant encore, Billie comprend que cet homme est en train de dépérir, qu'à ce rythme-là il va mourir d'épuisement sans même s'en rendre compte, comme quelqu'un qui nagerait en pleine mer sans possibilité de s'abriter ou de se reposer.

Alors, elle s'empare de la vieille plume avec laquelle il écrit, elle la lui arrache des mains. Sans mal, il n'a plus aucune force dans les doigts.

– Qu'est-ce que tu fais, inconsciente ? Rends-moi cette plume tout de suite, rends la moi !

Prenant conscience pour la première fois qu'il est entouré, il devient fou de rage, hurlant, éructant, il écume de fureur, sa peau devient rouge. Il lance au loin son encrier qui vient se fracasser contre des étagères, mais au moment où il cherche à se lever pour sauter sur Billie, il s'effondre de tout son long, inanimé.

Sur les conseils de la gargouille, les Hinterland ont vite découvert ce qui ressemble à un coin « chambre », un bien grand mot. Sous une fenêtre, dans une alcôve, un vieux matelas de paille et un oreiller cabossé.

Sur le dessus, une couverture ressemblant plus à un tapis qu'à un édredon douillet. Le dénuement. Le grand dénuement, décidément.

Arcadius semble vivre dans la misère. Toujours inanimé, après plusieurs tentatives pour le déplacer, Billie et Colin ont réussi à traîner le vieil homme jusque-là, Billie le tenant par les bras, Colin le portant par la jambe et Marcel faisant attention à sa tête.

Sur les murs, dans ce petit recoin, Arcadius a dessiné toujours le même motif. Une femme, élégamment vêtue, de profil. Il y a plusieurs dessins ainsi répétés, toujours presque identiques.

– Je le reconnais, ce dessin, s'étonne l'aînée des Hinterland. C'est celui que l'on voyait tout à l'heure devant le grand puits, sur les autels. C'est à peu près le même, je crois.

– Arcadius est mort ? murmure Marcel.

– Non, il respire toujours.

– Est-ce qu'on est arrivé trop tard ?

La question de Marcel, son frère et sa sœur se la posent eux aussi : trop tard ? Peut-être bien. Peut-être que cette fois, Arcadius va totalement s'effacer.

Maintenant qu'il est allongé, inconscient, les enfants réalisent tout à fait son état. Son odeur aussi. Celle d'un homme usé par l'effort, d'un homme qui ne fait plus attention à lui.

Il porte un costume élégant. Disons un costume qui fut élégant. Aujourd'hui, à force d'être porté, le tissu est lui aussi meurtri, sali, déchiré, avachi.

Arcadius et ses vêtements racontent la même chose : la splendeur passée, le luxe fané.

Billie s'efforce de lui faire boire et manger quelque chose. Elle pioche dans les réserves qu'ils ont emportées dans leur sac à dos.

De l'eau, des quartiers de pommes, de toute manière elle ne sait pas ce qu'elle pourrait lui offrir d'autre.

Elle ne sait même pas comment Arcadius se nourrit. Il n'y a pas un verre ou un bol ou une assiette. Le comble quand on sait tout ce qui est accroché aux murs, juste à côté. Billie lui place sur la langue quelques gouttes d'un petit élixir qu'elle prépare dans la Cabane, parfois, avec les plantes du potager.

Chez eux, il y a des livres passionnants sur le sujet. Cet élixir devrait redonner un peu de force à Arcadius.

Dans le silence, tous les trois en profitent pour grignoter aussi, reprendre un peu de force, ils n'ont pas eu trop le temps depuis leur départ de Paris. Mais le cœur n'y est pas.

Pendant quelques instants, dans cette bibliothèque d'un autre monde, on entend pour seul bruit, des bouches qui mâchouillent et des soupirs et.... une quinte de toux. Arcadius revient à lui, dans une toux sonore, effrayante.

Il donne le sentiment de ne pas savoir où il se trouve, son regard est ahuri, presque surpris d'être là, et puis il retombe de tout son poids sur l'oreiller. Toujours fébrile et fragile. Toujours fatigué.

Avec beaucoup de tendresse et de soin, comme avec ses frères et sœur, Billie se charge de lui donner encore à boire. Elle remonte sur lui la lourde couverture rugueuse. Elle sent qu'il ne faut rien brusquer.

– Nous sommes les enfants Hinterland, Arcadius, explique doucement Colin. Notre nom vous dit quelque chose ?

Un temps de silence, le vieil homme semble réfléchir. Et son regard s'éveille comme s'il sortait de sa torpeur.

– Évidemment, je n'oublie rien, c'est mon rôle. Les Hinterland. Et pourtant, j'ignorais que je n'étais pas le dernier de la famille. Ainsi, il y a encore de l'espoir.

Acardius reprend son souffle, il fait une longue pause. C'est une bonne nouvelle, c'est donc que tout n'est pas perdu.

– Est-ce que vous permettez que je vous montre quelque chose ? l'interroge à son tour Billie.

– Oui.

La jeune fille sort une nouvelle fois de sa poche le livret de famille et, comme elle l'a fait avec ses parents, elle l'ouvre et laisse se déployer la galaxie, les Préludes.

Cet arbre généalogique merveilleux et immense à la fois, la galaxie de la famille des enfants Hinterland, des portraits si nombreux, des routes qui se croisent en tous sens.

Arcadius sourit.

– C'est beau, n'est-ce pas ? dit-il. Je n'avais pas vu les Préludes depuis longtemps. Comment les avez-vous eus ?

– Ils étaient à la maison, répond Marcel.

– Et où est ta maison, mon garçon ?

– À Paris, m'sieur Arcadius.

Une fois encore le regard du vieil homme se perd dans des directions inconnues. Les enfants ne sont jamais certains qu'il soit bien conscient de ce qui se passe, de ce qu'ils disent.

Est-ce qu'il comprend tout ce qui se joue autour de lui ?

Colin a ramassé l'une des feuilles qu'Arcadius était en train de griffonner à leur arrivée.

– Regarde, dit-il à sa sœur. Regarde les feuilles.

Billie les étudie.

– Ce sont des lignes, rien que des lignes.

– Des lignes illisibles. Il ne savait même plus ce qu'il écrivait, il est en train de devenir fou.

Billie se saisit doucement de la main du vieil homme, une main tachée d'encre, recouverte d'éclaboussures bleues.

– Arcadius, est-ce que vous m'entendez ? Regardez-moi, je vous en prie.

Sans le vouloir, elle se met à pleurer, ses larmes coulent sur ses joues et s'écrasent sur les mains du vieil homme.

Elle renifle un peu fort, prise maintenant de gros sanglots. Désemparée.

– Allons, allons, on se connaît à peine et tu pleures déjà.

Les yeux d'Arcadius ont repris de la vigueur.

– Est-ce que tout est si désespéré ? Je sais ce que vous êtes venus me montrer. Mon visage s'efface des Préludes. N'est-ce pas ?

Billie fait oui de la tête tout en s'essuyant le nez.

Colin l'interroge à son tour :

– Qui décide que vous disparaissiez, Arcadius ? Qui est responsable de ça ? Nos parents nous ont envoyés ici pour vous aider. Est-ce qu'on arrive trop tard ?

– Si vous arrivez trop tard ? Je ne le sais pas.

– Mais vous savez bien pourquoi vous êtes dans un tel état ? Depuis combien de temps n'avez-vous rien mangé, rien bu, pas pris un bain ?

Colin multiplie les questions, elles se bousculent dans son esprit, il ne parvient plus à s'arrêter.

– Et puis qu'est-ce que vous faites tout seul dans un si grand château au milieu d'autant de livres ? Est-ce que vous vous souvenez, Arcadius ? Arcadius ?

– Oui.

– Quel est notre rôle ici ? ajoute encore Colin. À quoi sert-on ?

– As-tu terminé ?

– Oui, je crois.

– Savoir quel est votre rôle, je l'ignore. À vous de trouver. Pour le reste, autant ne rien vous cacher. La tempête a commencé et je ne suis que le premier.

XXIX

Un peu d'histoire, c'est nécessaire.

À l'époque des Temps Très Anciens, chaque soir, dans chaque village, dans chaque famille, il était de coutume qu'une femme raconte une histoire. Qu'elle soit vraie, qu'elle soit inventée, qu'elle soit un peu les deux à la fois, qu'importe.

Seul comptait le temps consacré à entendre et à alimenter le feu des récits.

Certaines de ces femmes en avaient fait leur métier, elles parcouraient les plaines et les montagnes, sans relâche, passant d'un pays à l'autre pour porter les plus belles légendes et pour se nourrir des fables locales.

De ce grand mélange, à travers les années, se construisaient les histoires communes, des histoires connues de presque tous, et comme un lien entre chacun.

Les héros, les héroïnes, les malédictions, les traditions pouvaient prendre des noms différents mais ils se ressemblaient tous un peu, quels que soient les recoins du monde.

Et l'histoire raconte que c'est justement à Sanarshel que tout a commencé.

À l'époque, le château de Sanarshel appartenait aux conteuses. Les lieux étaient protégés, entretenus, habités, construits par des femmes et uniquement des femmes.

Des fidèles venaient régulièrement honorer Rhiannon, ils avaient la possibilité de dormir sur place dans un grand dortoir mais ils repartaient très vite. À la demande des conteuses.

Beaucoup de ces fidèles passaient également, et séjournaient, dans le village en contrebas. Ces femmes se relayaient ainsi pour faire vivre la bâtisse et pour s'assurer que les histoires continuaient à se répandre à travers le temps et la géographie.

Au départ, il n'y avait que la source, et puis, à

mesure que les conteuses se faisaient plus nombreuses, le château a été agrandi pour devenir ce qu'il est aujourd'hui.

L'histoire raconte aussi que dans le grand bassin central, dans le grand lavoir du château, dont l'eau change sans cesse de couleur, vivait Rhiannon. La source de tout.

Une femme aux longs cheveux roux, à la longue tunique, une muse, une déesse, une fée, une magicienne, là encore les versions varient. Rhiannon au don de mémoire.

La mémoire de tous, la mémoire collective, les récits partagés. Du fond de ce lavoir, elle a donné vie et forme aux premières femmes porteuses d'histoires. C'est de Sanarshel qu'elles sont parties pour partager les premières légendes.

Et, pendant des siècles, au fond de l'eau, sans être vue de personne, Rhiannon a veillé. On dit qu'il suffit d'une goutte de cette eau pour devenir à son tour porteuse d'histoires.

Mais c'était compter sans les Rois. À leur arrivée au pouvoir, ils ont inventé leurs propres légendes et leurs propres mythes pour se donner le beau rôle. Ils ont fracassé de leur autorité les mystères du monde, dans leur seul intérêt.

Les femmes porteuses de récits ont été pourchassées et emprisonnées. Tout rassemblement le soir venu était désormais interdit, la tradition réduite au silence.

Pire encore, Sarnashel a été bouclé et le lavoir muré. Le château, pendant longtemps, a été abandonné. Avec les Rois s'est installé l'oubli, le silence.

Un monde qui ne sait plus inventer d'histoires et qui ne sait plus rêver est un monde qui se meurt.

Piégée dans la source, impossible d'œuvrer et de suivre le cours du monde, Rhiannon a fini par disparaître comme ont disparu bon nombre de dieux. Si plus personne ne croit en vous, vous vous éteignez, comme s'éteignent les bougies. Et avec Rhiannon, ce sont les vestiges de la mémoire des hommes qui ont été ensevelis. Un monde sans histoire.

XXX

– Et puis, les Rois sont tombés.

D'une voix faible, Arcadius poursuit son récit. Celui de la mémoire des hommes.

– Mais le mal était fait. En venant ici, vous êtes sans doute passés par le village. Village maudit. Ses habitants ont été ensorcelés.

– Ils se croient encore aux Temps Anciens, s'étonne Colin. Ce n'est pas possible de vivre coupé des autres.

– Si, c'est possible, la preuve : les Rois, pour préserver le secret de Sanarshel et éviter qu'on s'y intéresse de trop près, ont déployé les moyens les plus abjectes. C'était le Roi Violet qui dominait la région. Après avoir ensorcelés les habitants, il a fait couper toutes les routes menant au château et il a menacé des pires tourments qui s'y rendrait. À force d'habitude, à force d'avoir peur, à force de maléfice, personne n'est plus jamais venu, et personne n'est plus jamais reparti. Avec la terreur, on fait faire n'importe quoi à n'importe qui.

– Mais pourquoi ne pas leur dire la vérité ?

– Nous leur avons dit la vérité, Billie. Ils ne nous ont pas cru. Et ils ne nous croient toujours pas.

– Et comment vous êtes-vous retrouvé dans ce château ? Alors qu'il était abandonné ? Oublié ?

– J'ai toujours vécu ici. Mes ancêtres aussi. De père en fils. Mon arrière-arrière-arrière-grand-père était l'un des fils de Maguy Planteur. Il a lutté lui aussi. Contre le Roi Violet.

« Il a été blessé dans des combats mais il a survécu malgré une jambe meurtrie à jamais. Il boîtait beaucoup et se déplaçait très difficilement. Compte tenu de son état, Maguy décida de lui confier Sanarshel. Pas comme propriétaire mais comme gardien. Ce château n'appartient à personne. Ou plutôt, il appartient au monde.

« De génération en génération, de mère en fils et père en fille, nous avons entretenu Sanarshel. J'ai toujours cru être le dernier de la famille. J'ai vécu bien longtemps, plus de cent ans, seul, enfermé dans ce château maudit, oublié de tous. Enfin, presque tous. Et je suis fatigué, très fatigué. Si notre lignée disparaît, alors disparaîtra aussi le dernier bouclier contre les forces du mal. Mais je ne suis pas le dernier. Vous êtes là. Tout espoir n'est pas perdu.

Arcadius se redresse, il semble retrouver des forces peu à peu, et, de son bras, il balaye l'ensemble de ce formidable trésor.

– Redonne-moi de ton sérum, jeune fille. Quelles sont ces gouttes ?

De son sac, Billie ressort la petite fiole. Elle avait déjà déposé quelques gouttes sur la langue du vieil homme tout à l'heure.

– C'est de la gentiane, Arcadius. Elle est diluée dans la lavande blanche.

– Où as-tu trouvé une telle idée de mélange ?

– Dans un livre qui traîne à la maison, mais il n'y a que quelques petites pages.

– Alors les livres de Maguy n'ont pas tous disparu... Décidemment, mes enfants, vous êtes des trouvailles. Mais continuons. Où en étais-je ?

– Les Rois sont tombés, s'empresse de répondre Marcel qui adore les histoires et qui est assis en tailleur devant Arcadius comme il le fait le soir à la maison.

Billie et Colin ont pris des chaises. Arcadius, lui, est toujours allongé, le dos appuyé contre un mur.

– À la chute des Rois, mes ancêtres ont brisé le socle qui recouvrait la source. Rhiannon n'était plus là. Comment survivre dans ces conditions ! Comme beaucoup de dieux, comme beaucoup de magiciens, comme beaucoup de fées, elle s'est éteinte. Mais nous avons repris le flambeau. Les descendants de Maguy Planteur avaient une mission : préserver Sanarshel, préserver la mémoire du monde. Regardez.

Et d'un geste, Arcadius pointe un bureau en pierre, sur lequel est posé un drôle de casque de pierre. Oui, un casque de pierre. Des pierres du lavoir.

– Un casque de pierre ? Ça n'a aucun sens. Personne ne peut rien entendre avec un casque de pierre.

Colin, moqueur et rigolard.

– Ah oui ? Va donc écouter.

Surpris mais joueur, Colin s'y assoit. Des feuilles et de l'encre sur le pupitre, rien de bien moderne, plutôt ancien, même. La même sorte de plume pour écrire que celle qu'utilisait Arcadius à leur arrivée. Et le casque suspendu à une sorte de porte-manteau.

– Enfile-le sur ta tête. Et laisse venir à toi.

Colin s'exécute. Rien. Il n'entend rien du tout.

– Je vois mal comment je pourrais entendre quoi que ce soit dans un caillou, fait-il remarquer tout haut.

– C'est une idée convenue, Colin. Et pourtant, tu crois bien aux petits dieux qui nous entourent parfois. Alors, pourquoi pas une pierre qui chuchote, une pierre qui murmure, une pierre qui parle. À qui sait écouter, tout paraît...

Soudain, Colin perçoit un bruit léger. Il croit d'abord que c'est sa sœur qui parle, mais non. Cela vient d'ailleurs, de plus loin, de nulle part, la voix d'une femme, plus précise, plus claire et maintenant tout à fait audible. Colin retire le casque :

– Qu'est-ce que... Ce n'est pas possible.

Il le replace sur sa tête. À peine croyable. Il entend une histoire, une aventure, il est question d'un géant miraculeux qui fait pousser les arbres, une légende ancienne par-delà les monts d'Asie. Il n'a jamais entendu pareille histoire.

– Le monde des hommes adore inventer des contes. C'est ce qui nous maintient en vie, Colin. Notre part de rêve. Ce casque a été sculpté dans les pierres du lavoir après la disparition de Rhiannon.

« Ce casque écoute le monde. Il écoute les légendes de la planète. D'où qu'elles viennent, quelle que soit la langue. Je suis chargé de les noter, afin que ces mythes ne se perdent pas dans le temps. Pour se souvenir. Ce sont ces milliers de livres que vous voyez autour de moi.

Ainsi donc, tous ces livres, toute cette bibliothèque, ne racontent pas tant l'histoire des Hommes mais les histoires qu'ils inventent, les légendes qu'ils bâtissent, leurs peurs et leurs héros. En écoutant Arcadius, les enfants oublient un instant ce qu'ils sont venus faire, leur mission. Ils sont tout simplement éblouis par une telle splendeur. Quelle idée merveilleuse de compiler, d'écrire, de noter les contes universels.

– Mais ma mission doit s'achever. Elle se soldera par un échec. Je ne peux plus raconter la mémoire du monde. J'ai tout perdu. Et je vais bientôt m'éteindre.

Le charme est brutalement rompu. Le retour à la réalité violent. C'est donc ça, le problème.

Sanarshel ne fait plus de bruit car Arcadius est en train de mourir.

XXXI

Bientôt, le trésor des Planteurs n'était plus qu'un souvenir.

Longtemps après, on racontait encore ce qui s'était passé, cette nuit-là, au Verger, demeure depuis toujours des Planteurs, Cabane de Maguy et d'Angus.

Ce qui ne fut pas cassé fut incendié et ce qui ne fut pas incendié fut piétiné.

Tout le Verger fut vandalisé avec acharnement. Une à une, les vitres des serres brisées, réduites en miettes. Le feu dévasta les cultures. Les sabots des chevaux écrasèrent les plantations.

En quelques instants, le Verger n'était plus qu'un champ anéanti, ravagé.

Si seulement les cavaliers s'étaient arrêtés là.

Horrifiés, incapable de bouger, à quoi bon lutter, les Planteurs virent ensuite leur maison partir en fumée.

Ordre avait été donné de ne rien laisser. De tout saccager. Ce fut le cas.

Et, pire encore, les cavaliers rouges se saisirent enfin d'Angus pour en faire leur prisonnier. Il ne dit rien. Il regarda Maguy, et ses yeux suffirent. Dans ses yeux, l'amour de sa vie put lire un adieu et un appel à ne pas renoncer. Enchaîné, assis de force sur un cheval, Angus disparut dans la poussière et ne revint jamais. Éclipsé pour toujours.

Pendant longtemps encore ce jour-là, les larmes coulèrent et dans le ciel de Pantruche s'éleva une fumée noire, celle d'une maison détruite par un Roi.

Pensant réduire au silence une famille, le Roi Rouge venait en réalité de s'offrir des adversaires éternels.

XXXII

Ce n'est qu'une fois les dix Rois éteints qu'ils ont tous été réunis et enterrés dans cette crypte, sur les hauteurs de Montmartre, non loin de Pantruche, au fond la terre, loin dans le silence de la terre, réunis pour toujours dans leur majesté et leur pouvoir perdu.

Enterrés ici, parce que c'est ici aussi que tout a commencé, que la révolte est née, ici que poussait avant le Verger des Planteurs.

Lorsque l'homme à l'oiseau a sorti Esther de la cage, il lui a attaché les mains avec de grosses menottes. Il la tire depuis, derrière lui, avec une longue chaîne qui tinte entre les murs épais de la crypte.

Le bruit de cette chaîne, de leurs pas et de l'eau des fontaines, fait frémir Esther.

– Qu'est-ce que c'est ?

L'homme à l'oiseau se retourne brusquement.

– Qui est-ce ? Munin, que vois-tu ?

L'oiseau quitte l'épaule de son maître et se met à tourbillonner dans la galerie en de grands cercles. Le corbeau s'appelle donc Munin, et il joue les yeux de l'homme, il voit à sa place. Il est d'un noir si profond qu'on le croirait fabriqué d'un morceau de nuit. Son bec est noir lui aussi, lisse, de loin on pourrait croire à un bec en bois.

Munin n'est pas très grand, pas très lourd. Il est surtout agile, vivace, redoutablement intelligent. Quand il cherche, il ne se contente pas de regarder autour de lui. Quand il cherche, il cherche là où lui-même aurait pu se cacher.

Pour qui connaît l'histoire des dieux, cet oiseau n'est pas un inconnu. C'est l'un des anciens compagnons du dieu celte Odin. Un corbeau qui avait, à l'époque lointaine, la capacité à passer du monde humain au monde sacré.

Il murmurait ce qu'il voyait d'un monde à l'autre à l'oreille d'Odin. Les dieux ayant perdus de leur superbe, il a désormais un autre compagnon. Mais il continue à voir et à observer et à rapporter. Il ne sait faire que cela.

Rien. Il n'a rien vu.

Comme il le fait toujours pour faire son rapport à son maître, il se pose directement sur sa tête et se penche à son oreille. Son bec bouge, pour ainsi dire, mais aucun son n'en sort.

Et puis, si tôt terminé, il revient se poser sur l'épaule droite de l'homme à l'oiseau. C'est ainsi que tous les deux fonctionnent. Un marionnettiste et sa marionnette.

– J'étais pourtant persuadé... mais si tu le dis, Munin. Avançons, ils nous attendent.

Esther a regardé tournoyer l'oiseau avec une frayeur qu'elle ne peut avouer à son ravisseur. Jamais elle n'avouera à cet homme qu'elle a peur, bien entendu. Plus elle s'enfonce avec lui dans les entrailles de la terre et plus cette peur grandit.

Et puis, les chaînes qui lui serrent les mains lui font mal, elles sont lourdes. Mais il y a chez Esther cette ressource qui impressionne toujours ses frères et sa sœur.

Parler. Essayer de parler !

Faire face à toutes les situations en ouvrant une discussion ou en poursuivant une autre.

Avec toujours cette pointe de provocation au bout de la langue.

– Nous sommes attendus par qui ?

– Quoi ?

– Vous avez dit « ils nous attendent ». Ce sont vos amis imaginaires ? Parce qu'il n'y a pas grand monde à part des insectes ici. C'est peut-être d'eux dont vous parlez.

– Attends de voir, petite maline.

– Je suis pas une…

Esther s'apprête à répliquer quand elle reçoit quelques gouttes sur la peau. Elle s'étonne, regarde au plafond et les essuie. Mais, de nouveau, quelques gouttes d'eau… Il est là.

À demi transparent, à peine visible. Hermès. Il peut encore voler et disparaître, ce sont ses derniers pouvoirs, voilà pourquoi il a échappé à la surveillance de Munin. Les yeux d'Esther s'illuminent. Si petit soit-il, Hermès est la lumière qu'elle n'espérait plus dans cette caverne, il est la preuve que les Hinterland ne l'ont pas abandonnée.

Il est arrivé dans la tente de la place de la Concorde alors que l'enfant aux six bras venait d'enfermer Esther dans la cage de verre. Il a entendu les aveux de l'homme à l'oiseau et dès lors, il a compris.

L'affaire est grave.

Elle remonte au-delà des enfants eux-mêmes, et elle est la preuve qu'une bataille va reprendre. Une nouvelle bataille entre deux familles qui se haïssent. Caché à l'arrière du camion, il a espéré un temps pouvoir faire tomber la boîte, mais l'engin allait bien trop vite, Esther s'y serait cassée le cou. Sans compter ce maudit corbeau qui surveille tout. Il va falloir ruser. Et la ruse, c'est son domaine.

– Est-ce que je peux boire ? demande-t-elle.

– Vite, réplique l'homme à l'oiseau qui ne tourne pas même le visage dans sa direction. Vite.

Alors qu'Esther fait mine de s'abreuver et qu'elle trempe ses mains dans une fontaine, il ne faut pas une seconde à Hermès pour se glisser contre elle, dans l'une de ses poches. Il est à l'étroit, mais de là où il est, il peut s'attaquer aux menottes qu'il entreprend de détacher le plus silencieusement possible.

Hermès n'est pas un géant, mais de le savoir là, juste avec elle, rassure Esther au plus haut point. D'autant qu'elle n'est pas au bout de ses surprises.

XXXII

– Les hommes ne croient pas en leurs propres créations.

C'est la gargouille. Elle s'invite à la discussion, assise sur une poutre de la pièce. Depuis qu'elle a ouvert le passage vers la bibliothèque aux enfants Hinterland, elle s'est faite discrète.

– Ne commence pas avec tes réprimandes, gargouille, lâche Arcadius.

– Non je ne commence pas, je continue. Je suis là pour ça, repérer le mal lorsqu'il cogne à la porte.

La bestiole, toujours aussi hideuse, mais souriante, descend et vient s'installer au milieu des enfants et du vieil Arcadius.

Elle s'installe même sur ses genoux, comme le ferait un animal de compagnie.

– Pas touche ! lance-t-elle à Marcel qui essaie encore de poser sa main sur sa tête. Je ne suis pas un chien. Je connais les hommes, reprend-elle, depuis le temps que je les observe de là-haut, perchée. Les gargouilles observent. Elles regardent. Nous avons été sculptées pour vous protéger contre vous-mêmes et, si nous sommes posées en hauteur, c'est pour ne rien rater de vos échecs.

– Suffit, gargouille, tonne Arcadius. Suffit. Je sais.

– Mais eux ne savent pas.

– Qu'est-ce qu'on doit savoir ? demande Billie.

– Que les Rois tiennent leur vengeance.

– Mais ils ont disparu il y a des années, non ?

– Nous n'entendons plus parler d'eux, ce n'est pas pour autant qu'ils ont disparu. Disparaître, c'est ne plus vivre dans le cœur de personne, voilà ce que c'est que disparaître. Les amis et les partisans des Rois traînent partout. Et dans leurs cœurs sombres ils planifient la révolte.

– Que s'est-il passé ? insiste Colin, qui ne supporte plus les conversations qui ne vont pas droit au but.

Toujours aussi impatient et inquiet loin d'Esther.

La gargouille se racle la gorge et commence alors à raconter.

– Un homme est arrivé par le même chemin que vous un soir, au soleil couchant. D'apparence modeste, d'une démarche singulière. Il a été accueilli par Arcadius, même si les visiteurs sont rares ici. Très rares. Inexistants, même.

« Mais Arcadius tenait à lui faire bon accueil, une pièce pouvait le recevoir pour la nuit. Sauf que moi, j'ai compris tout de suite le problème : un oiseau posé sur son épaule semblait lui chuchoter à l'oreille. N'est-ce pas, Arcadius ? N'est-ce pas que cet oiseau ne me disait rien de bon ?

– C'est juste, gargouille, confirme le vieil homme.

– Pourquoi ça n'a rien de bon ? interroge Billie.

– C'est une très ancienne légende des Pays du Nord. L'on raconte que certains humains punis par les dieux pour leurs crimes perdaient la vue et que pour se diriger, ils élevaient des corbeaux, des animaux très intelligents. Posés sur leurs épaules, les oiseaux les guident en parlant à leur oreille. Ces hommes-là ne sont pas recommandables.

– Pour moi ce n'était qu'une légende, gargouille.

– Une légende ! Tu es bien placé, Arcadius, pour savoir qu'une légende a toujours sa part de vérité.

Arcadius n'a pas voulu me croire quand je lui ai rappelé ce mystère des Pays du Nord. Et nous avons ouvert en grand notre porte au mal en personne. J'ai commencé à le surveiller discrètement, mais le corbeau m'a chassé. Je déteste ces bêtes-là.

La gargouille s'emporte. Elle agite ses pattes et ses ailes dans un drôle de frottement.

– Et ensuite ? Et ensuite ? s'agace Colin. Ce que vous êtes lents quand vous racontez des histoires !

– Qu'il est mal élevé, celui-ci ! Ensuite ? Ensuite ? Mais c'est la catastrophe. Voilà tout.

Arcadius baisse la tête, on le sent triste et en colère, rongé par la honte.

– Arcadius, ici présent, a invité l'homme à l'oiseau à notre table. Et vous savez quoi ?

– L'homme à l'oiseau a proposé de participer aux préparatifs du repas ?

– Perspicace, Billie. L'homme à l'oiseau a fait ce que l'on fait dans toutes les histoires banales, il a empoisonné le vin. Et Arcadius boit beaucoup, le soir venu, pour se décontracter après une journée de labeur. J'ai tout vu. J'ai tout vu ! se met à hurler la gargouille encore plus hideuse que d'habitude, si bien qu'il devient difficile de la regarder sans un geste de dégoût.

– Nous avons été piégés, oui, reconnaît Arcadius. Je ne pouvais pas imaginer une chose pareille. Après tant d'années, j'avais perdu l'habitude d'être sur mes gardes.

– Il s'est endormi. À ronfler, le bienheureux. Tu as rêvé, Arcadius ?

– Suffit, gargouille.

– Oh, il a dû rêver, oui, comme un bébé, bien au chaud. Et pendant ce temps-là, l'homme à l'oiseau a fait son œuvre. Vous sentez ? Vous avez senti, forcément, en arrivant ?

– Oui, cette odeur, comme du pourri, acquiesce Billie. Ça vient de la fosse, du lavoir, on dirait qu'un gaz s'échappe...

– L'homme à l'oiseau sait l'importance de l'histoire et du souvenir, lâche la gargouille. Il a donc pris les livres de ces étagères.

D'un bond, elle rejoint, le long d'un mur, dans le fond de la bibliothèque, des étagères qui grimpent jusqu'au plafond. Elles ne sont pas comme les autres. Là où tout est en bois, ces étagères sont en fer, un fer froid, glacé, même.

Marcel, qui a suivi la gargouille, retire vite sa main. Plus étonnant encore, ces étagères, contrairement au bazar qui règne ici, sont vides. Totalement vides.

Perchée en hauteur, la gargouille poursuit.

– Dans ces livres, des dizaines de livres, il y avait l'histoire des Rois. Nous avions patiemment écrit les horreurs et les tragédies de leur domination. Les humains ont besoin de se souvenir, sinon ils recommencent. Et même en se souvenant, ils recommencent, d'ailleurs.

– Et où sont ces livres ? demande Colin.

– L'homme à l'oiseau les a jetés dans la source, intervient Arcadius. Ils sont en train de fondre dans l'eau de Rhiannon. Cette puanteur, c'est l'odeur des livres des Rois qui disparaissent.

« Entendez-moi bien, les enfants, quand les livres auront fondu, entièrement fondus dans l'eau, le monde oubliera les atrocités des Rois. Et leurs alliés misent tout sur cela. Ils sont en train de revenir. C'est une catastrophe.

« Depuis, j'essaie d'écrire ce dont je me souviens, mais c'est trop difficile. C'est un combat perdu sans fin. J'ai échoué dans ma mission, et c'est pour cela que je disparais peu à peu du livret de famille. Et une fois notre famille disparue, ils reviendront. Ils tiendront leur revanche.

– Peut-être peut-on sauver quelques livres ? espère Billie.

Il y a un long silence.

– Je ne crois pas, reconnaît enfin Arcadius.

– Il n'y a qu'un moyen, ajoute la gargouille, mais personne n'a jamais pris ce risque.

– Lequel ?

– Descendre dans la source de Rhiannon.

XXXIII

Ce que les livres d'histoire ne racontent pas, c'est la suite.

Que devint Maguy ? Que fit-elle après la disparition d'Angus ? Comment fit-elle face au désastre ?

Dans le saccage, rien n'avait survécu dans le Verger sauf les quatre pommiers plantés autour de la maison. Rien d'autre. Absolument rien d'autre. La terre était recouverte de cendre, de morceaux de verre et de plantes déchiquetées.

– Prenez les affaires qu'il vous restent et partez vous installer loin d'ici, ordonna-t-elle à ses enfants encore auprès d'elle. Faites-vous discrets, reprenez la culture des plantes, un jour, elles nous sauveront.

– Et toi, que fais-tu, mère ? interrogea, inquiet, l'un de ses fils.

– Je reste ici mais, comme vous, loin des regards. Faites-moi confiance. Éparpillez-vous comme le font les plantes, allez essaimer, allez enfoncer vos racines dans toutes les terres possibles. Nous sommes au prélude de quelque chose, nous sommes au début de quelque chose, nous commençons une longue lutte.

L'incroyable arbre généalogique que les Hinterland découvrirent avec leurs parents commença ici. Ce jour-là.

Et, tout en haut, à l'origine, il y a une femme, mince et fragile en apparence, au cœur vaillant et tonitruant en réalité. Une femme au sommet. De sa force et de sa volonté, Maguy donnait naissances aux Préludes. Une famille de lutte. Une famille de mémoire. Une famille de révolte.

Le Verger fut abandonné et laissé en l'état. Maguy choisit un quartier de Pantruche parmi les plus pauvres. C'est là qu'elle bâtit, de ses mains, une toute petite maison carrée, avec un seul rez-de-chaussée. Minuscule demeure.

– Que veux-tu pour le sol, Maguy ? lui demanda l'un des ouvriers venus l'aider.

– Rien, dit Maguy. De la terre, simplement.

– Mais tu ne crains par le froid et l'humidité ?

– Non, je veux fouler la terre de mes pieds.

Maguy, à l'intérieur, vivait pieds nus. Régulièrement, les premiers mois, elle retournait le sol avec une bèche. Et puis elle piétinait le sol de ses pas. À la manière de quelqu'un qui prépare le terrain.

Au centre de la seule pièce de la maison, Maguy avait ainsi formé un large cercle de terre.

Pour beaucoup, c'était le signe qu'elle perdait la raison, que la disparition d'Angus lui avait brisé le cœur.

C'était vrai. Maguy avait le cœur brisé. Mais elle n'avait pas perdu la raison.

Une nuit, toujours dans la plus grande discrétion, elle retourna au Verger. Rien n'avait bougé depuis l'assaut des cavaliers rouges. Il y flottait toujours une odeur de brûlé.

Maguy s'agenouilla près de l'un des pommiers, elle piocha dans le sol et récupéra dans la terre une toute petite boîte.

Une boîte d'ébène, de nacre et de métal, une boîte sculptée avec soin, couverte de scarabées et de libellules.

Elle ne l'ouvrit pas tout de suite, et l'enfouit dans la large poche de la blouse qu'elle ne quittait jamais.

De retour chez elle, Maguy posa avec précaution la boîte sur la seule table de la petite maison. À l'intérieur, un sac de chanvre, à l'intérieur du sac de chanvre, un sac de lin, à l'intérieur du sac de lin, une graine de la taille d'un pouce, parfaitement ovale, lisse.

Maguy la tenait dans ses paumes, elle la manipulait avec le soin qu'elle aurait pu accorder à un petit animal venant de naître, tout fragile.

Après l'avoir nettoyée avec un pan humide de sa blouse, elle déposa délicatement la graine au centre du cercle de terre qu'elle avait préparé depuis si longtemps.

Avec des gestes précautionneux, elle recouvrit la graine et l'arrosa. Seule et unique fois qu'elle arrosa cette plante qui n'avait plus besoin d'eau désormais.

Ainsi, elle venait de planter au centre de sa maison la graine d'un arbre. Un arbre qui deviendrait grand, très grand. Un arbre comme un refuge. Un arbre comme une cachette. Un arbre comme une Cabane dans plusieurs siècles.

Quand on vous dit que bien des choses commencent avec Maguy. Sur sa peine et sa douleur, elle a assemblé un espoir.

Dès lors, plus personne, à l'exception de sa famille, n'entra chez elle. Porte close pour les étrangers. Pour la discrétion. L'arbre grandissait à une vitesse étonnante, son tronc venait épouser les murs et il était parfaitement creux. Si bien qu'au fur et à mesure, Maguy put s'installer à l'intérieur.

Elle fit surélever la maison au rythme de la croissance de l'arbre. Un étage, deux étages, trois étages... les années passant, la maison prenait de l'altitude. De l'extérieur, ce n'était rien d'autre qu'une maison de pierre. Mais derrière ces murs, la vie s'organisait dans le secret d'un arbre exceptionnel.

PARTIE
-3-
LA REVANCHE
DES ROIS

XXXIV

– Billie, tu ne vas pas descendre, quand même ?

Colin est inquiet. De toute manière, depuis le début de cette histoire, il est inquiet. C'est sa nature, c'est vrai, mais cette nature commence à le dévorer.

Billie est pourtant bien décidé.

– Marcel, tu vas bien nous trouver une solution. Je dois pouvoir respirer sous l'eau. Qu'en penses-tu ?

Marcel gratte frénétiquement les deux marques qu'il a dans le coup, cette marque de naissance, c'est signe qu'il réfléchit à une solution.

Et en règle générale quand Marcel réfléchit, il trouve. L'avantage du château, avec l'habitude qu'a

Arcadius de conserver des objets de toutes les époques et de tous les lieux, c'est que le petit garçon ne manque pas de matériel. Il dégotte très vite une sorte de tenue en peau, résistante à l'eau, un long et large tuyau et de quoi fabriquer un casque hermétique.

Pendant qu'il soude et assemble le tout, pendant qu'il teste ses idées, Colin essaye de dissuader sa sœur de descendre.

– C'est de la folie, Billie. Imagine que tu puisses vraiment respirer sous l'eau, je dis bien « imagine » car j'ai du mal à le croire, qu'est-ce que tu comptes faire ? Remonter des vieux livres qui sont en train de pourrir ! Ça ne marchera pas. C'est l'accident assuré, ton truc.

– Si, ça peut marcher.

– Tu as déjà mis une feuille dans l'eau, Billie. Ces bouquins, c'est déjà de la bouillie.

Arcadius se mêle à la discussion, même s'il sent bien que c'est entre le frère et la sœur que ça doit se régler. Il ne veut pas pousser Billie à prendre des risques inutiles. Et pourtant...

– Ce ne sont pas des livres comme les autres, dit-il. Je vous l'ai expliqué tout à l'heure, ce sont des livres de mémoire, des livres qui retiennent les dates et les moments importants de l'histoire des hommes. Ce qui dégage cette odeur, cette fumée qui sort de la source, ce n'est pas le papier qui pourrit, ce sont les histoires qui disparaissent. Et quand les histoires qui disparaissent sont violentes et négatives, cela donne cette odeur.

– Et donc ?

– Et donc, Colin, le livre au fond de l'eau est intact. Ce qui compte, ce sont les mots qui s'effacent. Les uns après les autres. C'est ça qui se passe sous l'eau. Une à une, les lettres qui forment les mots, qui forment les phrases, s'effacent. Mais peut-être que tout n'est pas encore effacé.

– C'est bon.

Alors que les grands discutaient entre eux, Marcel n'a pas chômé, et le voilà qui brandit ce qui ressemble, à peu près, vraiment à peu près, à une tenue de scaphandrier. Il est assez fier.

Billie est moins confiante.

– Tu crois que ça va me permettre de plonger dans l'eau et de respirer, Marcel ?

Au lieu de répondre, il remonte les épaules. Ce qui peut vouloir dire aussi bien « je n'en sais rien », que « évidemment, quelle question ».

– Bon, le mieux c'est d'essayer.

Quelques instants après, tout le monde est autour du lavoir. Le soleil commence à décliner et Billie est équipée. Vous l'imaginez, elle a gardé son long gant noir sous la combinaison, pas question de l'enlever.

L'odeur autour du lavoir est toujours aussi désagréable. Arcadius, Marcel et Colin portent un foulard sur le nez, la gargouille n'en a pas besoin, bien entendu. Non sans avoir du mal à marcher jusque-là à cause de la combinaison, Billie a réussi à s'installer sur le bord de la source, pour l'instant, elle n'a que les pieds dans l'eau.

– Un conseil, Arcadius, avant que je plonge ?

– Un conseil ? Billie, tu le sais, personne n'est jamais allé voir là-dessous. La priorité, c'est de récupérer autant de livres que tu le pourras.

Il se met alors à tousser, à tousser, sans pouvoir s'arrêter. Il n'a presque plus de force. Il est contraint de s'assoir à même le sol.

– La protection des livres est sa mission, les enfants, explique la gargouille. Si les livres disparaissent, alors la mission d'Arcadius n'a plus de sens et il doit disparaître à son tour. C'est le principe dans votre famille. Les Préludes racontent aussi cela. Il y a pour chacun un rôle. Un rôle précis. Arcadius est en train de s'éteindre.

Et pour la première fois depuis qu'ils ont fait sa connaissance, la gargouille paraît triste et abattue.

– Raison de plus pour plonger et sans tarder, insiste Billie.

Après un rapide essai, elle constate que tout fonctionne à peu près. Le tuyau lui fournit de l'air et lui permet d'échanger avec les autres, restés à la surface. Elle hésite encore un instant, adresse un regard à ses petits frères, et se décide à plonger.

XXXVI

Le Roi Rouge prit possession du Verger quelques mois après sa destruction. Il fit clôturer la zone d'un mur de trois mètres de haut et semer du sel sur toute la surface. Plus rien ne poussa jamais au Verger. À l'exception des quatre pommiers qui refusèrent de plier et de dépérir.

– Il te cherche.

L'un des fils de Maguy, de retour d'un long voyage, grimé, déguisé pour ne pas être reconnu, venait l'avertir.

– La rumeur en ville raconte que le Roi Rouge veut te retrouver, il te craint.

– Le secret de ma présence ici est bien gardé.

– En es-tu certaine, mère ?

– Oui. Mais c'est la preuve qu'il n'abandonnera jamais la chasse. Il a fait clôturer le Verger, il a fait disparaître ton père, il s'en prendra à vous et à moi dès qu'il le pourra. Les Rois ne pensent qu'à faire disparaître ce qui peut les menacer.

– Mais nous ne les menaçons pas.

– Depuis le jour où Angus a vu le Roi Rouge affaibli, fragile, malade, il nous a perçu comme une menace. Un roi doit toujours faire croire qu'il est puissant et solide comme un roc, invulnérable. Angus en a trop vu. Beaucoup trop. Et puis, notre famille prend trop de place, avec nos connaissances, nos remèdes, nos plantations, notre volonté de soigner à tout prix. Le Roi Rouge ne veut pas laisser grandir un autre pouvoir que le sien. Mais nous ne lui en laisserons pas le choix.

Maguy ordonna à son fils de partir dès le lendemain. Elle ordonna ensuite à tous ses autres enfants de ne plus jamais rentrer à Pantruche. Le Roi Rouge devait croire que les Planteurs avaient quitté la ville.

En réalité, elle donna des consignes plus précises dans une lettre qu'elle fit parvenir à chacun de ses dix-huit enfants :

Mes enfants,

La séparation est difficile. Vous savoir loin de moi me brise le coeur et me rassure à la fois. Vous êtes plus en sécurité loin de Pantruche. Je me suis beaucoup interrogée ; pourquoi le Roi Rouge nous veut-il autant de mal?

Qu'avons-nous fait pour mériter ce qu'il nous fait subir? Votre père l'a soigné, et c'est comme s'il avait été puni pour cela. Tout cela n'a aucun sens.

Angus vous adorait, vous tous, chacun. Je sais qu'il vous a enseigné le langage des plantes comme j'ai essayé de vous apprendre comment les utiliser pour soigner. N'abandonnez pas cette mission qui est la nôtre.

Mais si je vous ai écrit, c'est pour vous dire autre chose encore. La disparition de votre père est une épreuve, mais je peux vous faire une promesse ; Je ne resterai pas sans réaction. Je ferai tout pour faire tomber le Roi Rouge et tous ceux de son espèce.

J'en fais le serment ; J'espère alors pouvoir compter sur vous et votre soutien. Pour cela, que ceux qui le souhaitent aillent s'installer dans les capitales des Rois. Prenez un métier, Fondez-vous dans la masse. Trouvez discrètement des soutiens, Et, surtout, surtout, soyez discrets, transparents, invisibles.

De tout mon amour, de toute mon affection, de toute ma tendresse.

Maguy

Alors que Maguy réfléchissait à un moyen de s'installer dans la capitale du Roi Rouge, c'est lui qui vint à elle. Obnubilé par les Planteurs, ne pensant plus qu'à cette famille et au Verger, il décida de faire de Pantruche sa nouvelle capitale.

Le Roi Rouge déploya une somme astronomique pour pouvoir s'installer selon ses règles, ses envies et ses normes. Avec son arrivée, la ville s'agrandit et le nombre d'habitants tripla.

Maguy s'en félicita. Elle pouvait ainsi plus facilement passer inaperçue, se fondre dans la masse. Avec l'avantage qu'elle connaissait cette ville, même plus vaste, comme personne.

Des années durant, Maguy réfléchit à la manière de faire tomber les Rois. Des années. Ils étaient immortels. Impossible de les tuer.

Elle commença par leur faire peur. Ou du moins par les agacer.

Régulièrement dans Pantruche et, en particulier, sur les murs du château construit par le Roi Rouge, Maguy inscrivit elle-même, ou avec l'aide de complices, à la peinture :

Verger Vivra

Deux mots enroulés dans un bouquet d'Iris, la fleur de l'espoir et deux mots formés du *V* de la victoire. Tout cela, bien entendu, dans la plus grande clandestinité.

Passé un peu inaperçu au départ, avec le temps, ce message éveilla l'intérêt, la curiosité, la méfiance... et la fureur du Roi. D'autant que ce message finit par contaminer les autres capitales.

Le Roi Rouge, puis les autres Rois, firent tout pour effacer et retrouver les auteurs des inscriptions « Verger Vivra ». En vain.

Les Planteurs n'étaient que des ombres intouchables, inatteignables. Des fantômes. Oui, des fantômes, dont la vocation était désormais de hanter la vie des Rois.

Et, enfin, Maguy réussit sa vengeance. Angus avait guérit le Roi Rouge de sa maladie de pierre, maladie ancestrale. À l'aide d'une potion, qu'elle avait mis des années à perfectionner, elle allait défaire son remède. Et, en même temps, empoisonner, transformer en pierre, les autres Rois et leurs armées.

Et c'est ce qu'elle fit. D'abord, ce fut l'entourage de chaque Roi, du plus puissant ministre au plus humble soldat, qui sentit l'effet de sa colère. La maladie commençait par d'étranges sensations, un engourdissement des membres. Puis, petit à petit, les parties du corps devenaient grisâtres, lourdes, figées. Le coeur ne s'arrêtait pas de battre. Au contraire. Une poitrine en pierre était sa prison éternelle.

Mais elle ne s'attaqua pas encore directement aux Rois. Elle attendit.

Et, plus elle patientait, plus ils tremblaient. Plus elle s'attaquait à leurs proches, plus ils se cachaient, terrifiés, impuissants. Ils finirent par tomber dans un isolement complet, perdus dans leur solitude et la peur des Planteurs.

Le 24 d'un mois de mars.

Le jour fut choisi par Maguy parce que c'était celui de l'anniversaire d'Angus.

Le 24 d'un mois de mars. Le matin.

Le ciel était splendide ce jour-là sur Pantruche. Un ciel de libération.

Le 24 d'un mois de mars. Le matin. 11h.

11h très précisément. L'heure du bain du Roi Rouge. Il n'avait plus aucun secret pour Maguy.

C'est ce moment que choisit Maguy Planteur pour agir.

Ses enfants firent de même, dans les autres capitales des Rois. Après plus de 14 ans de lutte, tout était enfin prêt.

Affaiblis, lâchés de toutes parts, il suffisait de cueillir le fruit mûr sur la branche. Les soldats royaux restants ne luttèrent pas. Trop lassés eux aussi. La population suivit sans mal les deux *V* qui s'affichaient enfin au grand jour.

Le Roi Rouge fut arrêté dans sa salle de bain, dans toute sa médiocrité, incapable de la moindre réaction.

La Révolution du Verger ne donna lieu à aucune exaction.

Les Rois furent tous jugés. Isolés de tout et de tous, condamnés à subir eux aussi la lente vengeance de Maguy, à boire la potion qui leur était destinée, à se transformer en statue.

Et Maguy ? Maguy et ses enfants reprirent une vie qui leur allait bien. En discrétion, en tranquillité et en vigilance. Tout en continuant à élever des plantes et à soigner qui en avait besoin, ils restèrent installés un peu partout sur la planète, assurant chacun une mission.

Les Préludes étaient nés. Avec pour ambition de ne jamais, jamais plus, permettre aux Rois de reprendre le pouvoir. Les Planteurs devenaient pour toujours les vigies de la liberté, et les enfants Hinterland étaient leurs héritiers.

XXXV

L'eau de la source est d'une incroyable clarté. Billie redoutait l'obscurité, en réalité elle voit très bien. Comme en plein jour à la surface. Un peu partout montent des colonnes verdâtres, ce sont les livres, les lettres, qui fondent à grand renfort de bulles.

Mais tout autour, la vision est splendide. De minuscules petites crevettes dorées nagent dans l'eau, elles changent sans cesse de couleur, passant du doré, au bleu, au noir, ce sont elles qui donnent à l'eau ces variations si nombreuses. Sous l'eau, elles se rassemblent pour former parfois des figures, des spirales, des constellations...

– On dirait un ciel étoilé, se dit Billie. On dirait qu'elles jouent.

Surprise, elle n'éprouve aucune crainte devant ce spectacle. C'est même rassurant. Elle se sent en sécurité. Alors qu'elle n'est reliée à l'oxygène que par un tuyau bricolé par un enfant de 6 ans.

Mais déjà apparaît un premier livre. Il s'est coincé dans la paroi, à moins de trois mètres de la surface. Billie s'en saisit et le remonte tout de suite à la surface.

– Quelques pages sont déjà entièrement effacées, mais pas toutes. Continue, Billie, encourage Marcel.

Pour plus d'efficacité, son petit frère fabrique une sorte de gros filet, en réalité un panier de fer accroché à une corde.

Dès que Billie trouve un livre, au lieu de le remonter elle-même, elle le fourre dans le panier, et ce sont les garçons à la surface qui se chargent de le tirer jusqu'en haut.

Arcadius semble reprendre des forces. Pourtant, ils n'ont récupéré qu'une dizaine de livres. Tout au plus. Il en reste encore plus d'une centaine dans ce gouffre immense.

Cet homme à l'oiseau dont parlait la gargouille a tout jeté dans l'eau.

– Je ne vois pas le fond, crie dans son scaphandre Billie. Je ne sais pas jusqu'où je dois descendre pour trouver les autres bouquins. Ça paraît sans fin.

Tout en parlant, Billie poursuit sa descente, encore et encore, lentement, en s'accrochant à la paroi de pierre.

Les garçons là-haut sont si concentrés à essayer de suivre ses mouvements et à remonter régulièrement le filet, qu'ils ne regardent pas le tuyau. Il est trop court. Beaucoup trop court. Et alors que Billie descend brutalement un peu plus vers le fond, il tombe dans l'eau et échappe à Colin. Avec son poids, le tuyau coule vite.

– Le tuyau. Le tuyau ! Billie, remonte, le tuyau est dans l'eau, il va se remplir !

Mais elle n'entend plus rien, et il lui faut un moment pour comprendre ce qui se passe. L'eau entre et commence à remplir la combinaison.

Les jambes, le ventre, les épaules... elle cherche à remonter mais elle est trop lourde, elle s'enfonce au fond de la fosse, elle tombe à une vitesse folle, les crevettes lumineuses dansent sous ses yeux, elles l'entourent de plus près à mesure qu'elle descend, emportée par le poids. Elle devine alors que plus rien ne peut la sauver. Sauf un miracle.

XXXVI

Colin se dit qu'il devrait pleurer. Il n'y parvient pas. Marcel n'est pas certain d'avoir compris, ou alors il est trop secret pour l'avouer.

Billie ne donne plus signe de vie.

Elle est tombée comme un caillou au fond de l'eau. Ils l'ont vus couler à pic, à peine quelques bulles sont remontées à la surface.

Ils sont pétrifiés. Pris dans la glace de la tristesse, de l'effroi. Ce n'est pas possible, Billie ne peut pas disparaître, elle ne peut pas les quitter, eux, ses frères adorés.

Marcel qu'elle a bercé si souvent, auquel elle raconte encore chaque soir des histoires, il pose sa tête entre son cou et son épaule, dans un creux qui semble fait juste pour lui. Elle soupire de plaisir, parce qu'elle aime ce moment où ils ne sont que tous les deux, au chaud sous une couverture, dans un canapé ou sur le lit de Marcel.

Et Colin ? Colin, avec lequel elle joue aux échecs ou aux dames, sans se lasser jamais. Elle l'a si longtemps laissé gagner avant de prendre des revanches diaboliques, parce qu'elle joue bien, bien mieux que lui, mais qu'elle est d'une tendresse qui ne se dit pas, qui ne se raconte pas.

Billie, c'est une sœur qui a appris à être une maman et un papa à la fois, avant même d'avoir eu le temps de profiter de son enfance.

Billie, c'est le repère, le tempo, la musique de la bande. Si elle est inquiète, tout le monde est inquiet, si elle chantonne, tout le monde chantonne. C'est le modèle, la référence, l'espoir de vivre à l'abri de trop de désordre et de caprices.

Alors, Billie qui disparaît au fond d'un trou d'eau, c'est impossible, ce n'est pas prévu dans l'ordre des enfants Hinterland.

– C'est interdit, hurle Colin en approchant son visage de la surface. C'est interdit que tu partes comme ça, Billie. Reviens, bon sang. Reviens.

Il pleure de rage et de détresse. La tête posée sur le rebord. Plus rien n'a de sens désormais.

La gargouille s'approche et lui pose une patte de pierre sur la main. Une patte de pierre glacée sur une main glacée.

XXXVIII

En ouvrant les yeux, Billie a tout de suite senti l'humidité de ses vêtements, mais sans éprouver la moindre sensation de froid. C'est plutôt une douce chaleur, la même chaleur rassurante que dans l'eau.

Autour d'elle, des parois bleutées, irisées, composées des mêmes petites crevettes que dans l'eau, sauf que cette fois elles sont prises dans la pierre translucide. Elles apportent une douce lumière à ce qui ressemble à une grotte taillée dans la roche, au cœur de la terre.

En soulevant la tête, Billie comprend que le plafond est composé par l'eau et que tout là-haut, très au-dessus, se trouve la surface.

Elle est au fond du lavoir, tout au fond, mais à l'abri. Comme si une bulle invisible s'était formée autour d'elle pour la protéger, pour qu'elle puisse respirer.

– Je n'ai pas souvent de la visite. Et j'ai bien failli ne pas en avoir, vous avez eu de la chance.

La voix fait sursauter Billie.

– Qui parle ?

Elle ne voit personne. Comme si la voix sortait des murs. Une voix mélodieuse, raffinée, douce, réconfortante.

– Les inscriptions sur votre bras me rappellent quelque chose, mais quoi ?

Brusquement Billie se redresse et découvre, horrifiée, que son long gant noir est baissé. Personne n'a jamais lu, vu, observé ce qui est gravé sur sa peau depuis sa naissance. Personne, sauf ses parents évidemment. Ce sont ses parents qui lui ont demandé de porter ce gant pour ne pas éveiller les soupçons et pour conserver le secret.

Billie remonte précipitamment le gant.

Elle recouvre ce qui ressemble à des dessins comme des hiéroglyphes, des inscriptions mystérieuses, une écriture sans traduction, sans explication.

– Vous ne savez pas ce que racontent ces dessins, n'est-ce pas ?

– Mais où êtes-vous ? Vous êtes dans ma tête ou quoi ? Personne n'a le droit de lire ce qui est sur mon bras. C'est interdit.

– Je ne suis pas dans votre tête, chère enfant. Par ici, sur votre droite.

Dans le mur, dans une petite alcôve, se trouve une femme, pas plus haute qu'un pouce, minuscule, vulnérable, fragile mais d'une infinie élégance, portant une robe sombre, les cheveux attachés en une longue natte tressée, des bijoux d'un éclat puissant dont un pendentif à tête d'ours.

Une femme aux airs de princesse, se dit Billie en s'approchant.

– Je ne vous avais pas vue.

– Ce n'est pas surprenant. L'important est déjà que vous m'entendiez. Bienvenue chez moi.

– Bienvenue chez vous, c'est-à-dire ? Je suis descendue pour sauver des livres et je me retrouve dans cette drôle de caverne sous l'eau... mais attendez... vous n'êtes pas... Rhiannon, tout de même ?

– Dites-le encore.

– Rhiannon ?

– J'adore ça, c'est si rare.

– Qu'est-ce qui est si rare ?

– D'entendre mon nom.

– C'est vous qui m'avez sortie de l'eau ?

– En quelque sorte, oui. Je n'allais pas vous laisser dans cette situation, j'ai bien vu vos efforts pour sauver les livres, j'ai compris que nous étions du même côté.

– Je n'ai pu en remonter que quelques-uns.

Au-dessus d'elle, Billie voit les livres continuer à se désagréger, lentement, peu à peu. Ils flottent, en apesanteur dans l'eau et dégagent toujours cette fumée verdâtre. Puis elle se retourne.

– Mais vous avez fait le plus dur, jeune fille, répond Rhiannon. Vous verrez, les autres livres sortiront d'eux-mêmes.

Billie fronce les sourcils, perplexe. Mais elle reprend :

– Tout le monde pense que vous avez disparu, vous savez.

– Qui est tout le monde, jeune fille ?

– Les humains.

– Ah oui, les humains, bien entendu. Regardez-moi, regardez ce qu'il reste de moi, c'est comme pour les dieux, pour les fées et tous les autres. Moins vous croyez en nous et plus nous nous réduisons... À force de ne jurer que par la technique, le progrès, la mécanique, vous oubliez de rêver.

« Quand les Rois ont fait sceller le lavoir, les hommes ont commencé à m'effacer de leur mémoire. Et, sans votre famille, je ne serais plus rien, pas même un fantôme. Sans eux et leurs souvenirs, je ne serais pas devant vous, jeune fille. Ainsi, j'ai perdu toutes mes forces, tous mes pouvoirs, réduite à presque rien.

– Arcadius essaie de prendre votre place. Il travaille à écrire les histoires du monde, vous savez.

– Je sais, jeune fille. Mais c'est un peu dérisoire.

– Jamais rien n'est dérisoire si c'est fait avec le cœur, c'est ce que m'a toujours dit ma mère.

– Votre maman a raison. Et j'imagine qu'il vous a fallu bien du cœur pour oser descendre par ici pour quelques livres.

– Les Rois sont revenus, et ils effacent leurs traces, dit Billie. Je n'avais pas le choix. Mais vous auriez pu remonter les livres vous-même, non ?

Elle fixe du regard Rhiannon, elle lui reprocherait presque d'attendre là, de ne rien faire.

– Je suis prisonnière. Je suis piégée. Je n'ai plus assez de force pour intervenir. Je m'affaiblis chaque jour un peu plus, et rien que de vous tirer hors de l'eau a été pour moi une épreuve. Voilà pourquoi je n'interviens pas, pas comme vous le voudriez en tout cas.

« Notre monde s'efface. Il s'efface. D'abord, ce fut l'œuvre des Rois et maintenant, c'est l'œuvre de l'indifférence. C'est pour ça que les Rois ont toutes les chances de reprendre le pouvoir, s'ils sont assez forts et organisés pour cela. À force d'être obnubilés par la technologie et les inventions, vous oubliez d'où vous venez et ce que le temps vous a appris.

Le silence s'installe. Billie a l'impression qu'elle pourrait écraser Rhiannon d'un minuscule mouvement du pied. Elle n'en a pas l'intention, bien entendu. Elle réalise simplement le décalage.

Dans les Temps Anciens, Très Anciens, Rhiannon disposait d'un pouvoir immense, capable d'envoyer des femmes à travers toute la planète pour raconter et écouter les histoires du monde. Aujourd'hui, elle est réduite à presque rien.

– Et votre bras, jeune fille ? Savez-vous ce qui est écrit sur votre bras ?

– Non, fait Billie.

– Vous ne savez pas. Et pourtant, vous portez sur la peau un étrange espoir, murmure la déesse.

Puis, de sa voix mélodique, elle commence à raconter.

– Les humains seraient nés sur une île au large de ce qu'on appelait autrefois l'Inde. C'est de là que serait partie l'humanité toute entière, de cette cité étrange que l'on nommait les Sept Pagodes, comme les sept familles qui en fixaient les règles.

« Mais, jaloux, les Dieux alors puissants auraient englouti la ville toute entière. Elle se trouverait aujourd'hui sous la surface de la mer en un lieu inconnu. À cette époque, les humains croyaient encore aux Esprits, aux Fées, aux choses étranges ou inexpliquées. Aujourd'hui, vous ne croyez plus qu'en vous. Et Paris est devenu le symbole de vos croyances.

– C'est une légende, ce que vous me racontez, intervient Billie. C'est bon pour les enfants. La réalité, c'est autre chose, Rhiannon.

– Faux. Faux. Une légende a toujours une part de vrai. Sinon, de quoi viendraient vos inscriptions ? Du hasard ?

Billie, sous son air farouche et méfiante, est déboussolée. Pour la toute première fois, quelqu'un lui parle des étranges motifs sur son bras. Et ça se passe au fond d'un puits immense et face à une créature mystérieuse.

Elle a l'impression de rêver.

– Vous avez dit que mes inscriptions portaient un espoir ? Quel espoir ?

– La légende continue, Billie. Dois-je poursuivre mon récit ?

– Oui, s'il vous plaît.

Billie écoute, fascinée.

– Seule une des sept familles a survécu à la vengeance des Dieux. Longtemps, les Rois ont fait croire qu'il s'agissait de la leur. Je fais partie de ceux qui pensent que c'est faux. Les Rois sont puissants, sans pitié, cruels et avides de domination. Comment auraient-ils pu participer à la création du monde ? Comment auraient-ils pu faire partie des sept familles ?

– Alors, laquelle des sept familles a échappé à la vengeance des Dieux ?

– Nul ne le sait.

– On est bien avancés.

– Grâce à votre bras, oui, nous sommes plus avancés. Jamais jusque-là je n'avais vu pareille inscription en référence directe aux Sept Pagodes.

– Comment cela ?

– Sur votre bras, un chemin est indiqué. C'est ce qui est inscrit dans un vieux dialecte : « Pour lire la carte, il faut s'en saisir ».

– S'en saisir ?

– Je n'en sais pas plus, chère Billie.

– Les adultes ne disent jamais les choses franchement, s'impatiente la jeune fille.

– Les adultes tournent autour des réalités, bien souvent, Billie. À vous de les affronter. Mais avant cela, il faut trouver un moyen de vous sortir de la fosse.

Au même moment, quelques mètres au-dessus, à la surface, Colin et Marcel se serrent dans les bras. Impuissants. Anéantis. Orphelins de sœur. C'est un désastre. Un cataclysme. Que vont dire les parents ? Comment vivre à la Cabane sans Billie ? C'est vertigineux, impensable.

Fou de rage, Colin se lève et s'acharne sur l'un des livres sortis de l'eau par sa sœur. Il essaie de le déchirer, il le piétine, le jette contre un mur.

– Tout ca pour de foutus livres, maudits livres. On n'avait rien demandé, nous, hurle-t-il en se retournant vers Arcadius. On vous connaissait pas il y a trois jours et la vie était plus belle comme ça. Je vous déteste, et ce château avec.

– Colin, écoute...

– Non, j'en ai assez de vous écouter, vous auriez dû interdire à Billie de descendre, ou vous auriez dû descendre vous-même. C'est facile d'écrire dans des bouquins, mais ce n’est pas la vraie vie, ça. C’est pas la vraie vie, votre bibliothèque.

Arcadius est prostré, adossé au lavoir. Marcel, terrifié, dans un coin, de voir son frère dans cet état. Mais d’une voix stridente la gargouille conserve encore un peu de lucidité.

– STOP ! hurle-t-elle. Arcadius, ressaisis-toi, il existe une solution.

– Laquelle ? dit le vieil homme d’une petite voix.

– Il faut l’invoquer.

– Pardon ?

– Il faut invoquer Rhiannon.

– Allons, gargouille, Rhiannon a disparu depuis longtemps.

– Dis la vérité. Elle est au fond de ce puits. Tu es le seul à le savoir. Rhiannon vit encore.

– Mais l’invocation, gargouille. Tu connais les risques de l’invocation, non ? proteste Arcadius.

Colin, lui, n’hésite pas une seconde.

– Évidemment qu’on va l’invoquer si c’est la seule solution. Tout de suite. Debout, Arcadius. Allez. Invoquez.

– Ce n’est pas si simple.

– Si, c’est simple, puisque nous n’avons pas le choix. Faites-le maintenant.

Dans un effort immense, Arcadius se relève, toujours aussi affaibli, mais décidé, semble-t-il.

– Gargouille, tu te souviens de ce dont nous avons besoin ?

– Je m'en charge.

La nuit est désormais presque tombée à Sanarshel. La seule lueur vient de l'eau bleutée et des colonnes verdâtres qui continuent à s'élever dans le ciel. L'odeur ne s'arrange pas. L'humidité tombe sur la place ronde où ils sont tous réunis, Marcel grelotte, abattu de tristesse.

Il faut quelques minutes à la gargouille et à Arcadius pour réunir le « matériel ». D'abord des bougies. Arcadius en dispose plusieurs sur les autels que Billie avait remarqués à son arrivée.

De larges bougies carrées, recouvertes de poussière et de toiles d'araignées, elles n'ont pas été allumées depuis une éternité. La gargouille se charge de les enflammer. Elles dégagent une lumière pailletée et éclairent bien plus que des bougies traditionnelles.

Pendant ce temps, plus étrange encore, Arcadius vient placer sur une marque ronde, que les enfants n'avaient pas vue jusque-là, une statue. Elle mesure à peine un mètre de haut, elle a été modelée dans de l'argile, entre le blanc et le marron.

À n'en pas douter, c'est une statue d'ours. Un ours assis. Les griffes sont bien visibles. Détail, et non des moindres, la petite sculpture n'a pas de tête. Il n'y a que le corps.

Et comme pour compenser cette absence de tête, Arcadius vient poser avec soin tout autour de la statue, des crânes d'ours, des ossements. Une dizaine de têtes, de différentes tailles.

Colin et Marcel ne savent pas bien s'ils doivent être terrifiés ou fascinés par cette mise en scène.

– En quoi consiste cette cérémonie ? se hasarde Colin.

– Rhiannon n'est pas invoquée directement, il faut s'adresser à son totem, l'ours. C'est lui qui nous mènera à elle ou non. C'est une cérémonie très rare.

– Vous l'avez déjà faite, au moins ?

Arcadius pose sur les enfants un regard inquiet.

– Non, les garçons, je n'ai jamais invoqué Rhiannon, et je n'ai jamais vu, ni croisé, ni entendu, quiconque ayant invoqué Rhiannon. Et il y a une raison très simple à cela : on ne sait jamais comment son totem va réagir. C'est pour cela qu'en général on la laisse se manifester elle-même.

– De toute manière, on n'a plus le choix. Qu'est-ce qu'on fait maintenant ?

– Maintenant, vous vous placez derrière moi, et toi aussi, gargouille.

Arcadius a recouvré de sa superbe. Il parvient à redresser son corps, à retrouver une dignité que la fatigue lui avait fait perdre. Il soulève les bras, remonte ses manches de chemise, fléchit les genoux légèrement et commence à fredonner une douce chanson en agitant les mains en direction de la statue de l'ours :

Orso, Oso, Urso
Bher, Berun, Bjorn

Quelque soit ton nom.

Loki, Clokis, Lacis
Khers, Arktos, Rksah

Quelque soit ton âge.

Roi des Ours.
Ancêtre.
Toi qui entend tout.
Toi qui marche d'un pas léger.

Mène à nous celle qui répond au nom de Rhiannon.

– Et après ? demande Marcel bien à l'abri derrière son frère.

Il ne s'est rien passé. La formule semble n'avoir aucun effet.

– C'est la bonne, au moins ? questionne à son tour la gargouille.

– Evidemment que c'est la bonne formule. Taisez-vous et laissez moi me concentrer. Reculez.

Chacun recule, à l'inverse d'Arcadius qui se rapproche encore de la statue. Cette fois ses mains sont juste au-dessus d'elle, et il chante plus fort, plus intensément, il répète encore et encore :

Orso, Oso, Urso
Bher, Berun, Bjorn

Quelque soit ton nom.

Loki, Glokis, Lacis
Khers, Arktos, Rksah

Quelque que soit ton âge.

Roi des Ours.
Ancêtre.
Toi qui entend tout.
Toi qui marche d'un pas léger.

Mène à nous celle qui répond au nom de Rhiannon.

Et ce qui devait arriver, arriva.

La statue s'anime. L'ours d'argile se redresse, hésite sur ses pattes, incertain, et puis, une fois son équilibre trouvé, le voilà qui cherche une tête. Il doit choisir, il prend son temps, il en prend une et la repose. Et puis, d'un coup, se saisit d'une autre et plonge en un éclair dans la fosse.

– Pourquoi est-il parti ?

– Il n'est pas parti, Colin, il est allé prendre corps.

– Je ne suis pas certain de comprendre ce que...

Colin s'interrompt alors qu'une patte énorme, velue, griffue, vient d'apparaître et de se poser sur le rebord de la fosse.

Pendant de longues secondes, les enfants ne voient que cette patte monstrueuse dépasser, posée sur le rebord. Puis vient une autre patte, tout aussi colossale. Là encore pendant de longues secondes, rien d'autre ne se passe. À croire que la bête reprend son souffle.

Puis vient la gueule de l'animal qui peu à peu sort de l'eau. Un ours monstrueux. La petite statue d'argile s'est transformée en une bête de plus trois mètres de haut, avec des griffes longues comme des couteaux et un regard aussi noir que la nuit qui entoure le château.

À la lumière des bougies qui sont toujours allumées, la situation a de quoi faire frémir.

Les ombres dansent sur son pelage marron. Il n'est même pas mouillé alors qu'il sort de l'eau. Son souffle est roque et puissant. Il est debout, statique, sa gueule entrouverte. Il cligne lentement des yeux.

Mais une chose est certaine : l'animal ne paraît pas très conciliant.

Il commence par faire le tour de la fosse plusieurs fois, en reniflant l'air, écœuré lui aussi par la puanteur ambiante. Écœuré et de plus en plus nerveux. D'une patte il écarte, d'abord doucement, puis violemment, tout ce qui se trouve sur son passage.

Colin et Marcel se sont réfugiés contre un mur, la gargouille a repris de la hauteur et Arcadius... eh bien, Arcadius ne sait ni quoi dire, ni quoi faire.

– Est-ce toi, Rhiannon ? ose-t-il enfin.

Le regard de l'animal se fige et se plante sur Arcadius et les enfants, alors qu'il semblait les avoir à peine remarqués jusque-là. Il se redresse sur ses pattes arrières et pousse un grognement glaçant. Un grognement si violent que les vitres de certaines portes se brisent.

– À l'intérieur de la maison, tout de suite, ordonne Arcadius aux enfants.

Ils se réfugient tous dans l'une des pièces de collection, la collection des verres.

Mais l'ours les poursuit, fou de rage. Il démolit tout sur son passage. C'est un saccage.

Les objets de collection sont tous broyés, déchirés, cassés, anéantis par la fureur de l'ours. Les verres piétinés, les rideaux déchirés, la bête saute par les fenêtres pour mieux les briser en mille morceaux. Rien ne résiste à sa furie. L'animal est comme possédé, démoniaque.

– Arcadius, lui crie Colin alors qu'ils courent se réfugier où ils peuvent, dans la salle des armes, on doit pouvoir trouver de quoi tuer cet ours.

– Surtout pas, nous ne devons pas le tuer, nous devons l'amadouer, nous devons le calmer. Si tu tues cet ours, tu tues Rhiannon et la chance de retrouver ta sœur.

– Mais pourquoi nous en veut-il à ce point ?

Colin, Arcadius et Marcel ont trouvé un abri précaire derrière un grand buffet de bois.

– Ce n'est pas à nous qu'il en veut. Ceux qui réveillent Rihannon doivent lui prouver qu'ils avaient une bonne raison de le faire. Et puis, visiblement, il a besoin de se défouler, depuis le temps qu'il est enfermé.

– Quoi ? Il s'amuse ?

– Non, il ne s'amuse pas, ou alors, pas avec nous. Il est peut-être temps de vous l'avouer : je n'ai encore jamais invoqué qui que ce soit.

Quelques instants auparavant, au fond de la fosse, alors qu'Arcadius invoquait l'ours, Rhiannon, en pleine discussion avec Billie, a senti l'appel, la prière, le message. Des siècles qu'elle n'avait pas entendu cette mélodie de l'ours. D'un coup, elle s'est mise à grandir, grossir sous le regard ahuri de Billie.

– Que se passe-t-il ?

– On invoque mon totem, je ne pensais pas une telle magie encore possible. On m'invoque, Billie.

Rhiannon rigole, elle devient plus triviale, moins élégante. Elle danse de joie. De manière étrange, pataude.

Elle est, d'un coup, plus grande que Billie, plus forte encore, immense, et pour conclure le processus de transformation, une statue d'argile vient littéralement envelopper le corps de la fée. La transformation est complète.

Sous ses yeux, Billie n'a plus une femme mais un ours. L'animal remonte vers la surface en un clin d'œil.

L'ours s'amuse-t-il à tout casser ? Par plaisir ? À voir la violence avec laquelle il écrase tout ce qui passe sous ses yeux, c'est difficile à croire.

La salle des animaux n'est plus qu'un monceau de plumes, de poils et de cornes. La salle des armes est méconnaissable. Les armes sont broyées et la bête s'est acharnée sur chaque objet, pistolet, couteaux, épées, fusils, plus encore que dans d'autres pièces. Inutile de parler de l'état des assiettes.

On pourrait croire que Sanarshel a été bombardé. À l'exception de la bibliothèque dans laquelle l'ours n'est pas entré.

Impossible de dire combien de temps dure le saccage. Quelques minutes ? Une heure ? Plus encore ? Méthodiquement, sans plus s'occuper des enfants ou d'Arcadius, l'ours casse et casse et casse.

Il réduit en poussière tout ce qui a été si longtemps accumulé dans le château, ce que les habitants successifs ont rassemblé avec soin pour raconter le savoir-faire et l'histoire des humains.

Le bruit est parfois assourdissant, Marcel se bouche les oreilles. Son frère aîné le sert dans ses bras. Ils n'osent plus le moindre mouvement.

Jusqu'à... jusqu'à ce que le silence se fasse progressivement. L'animal serait-il rassasié ?

La tempête est passée.

Arcadius et les enfants n'entendent plus rien. Colin ose passer une tête en dehors de leur cachette.

– Il est assis.

– Comment cela ?

– L'ours est assis là où il y avait la statue d'argile tout à l'heure. Il se lèche les pattes. Il a l'air plus calme.

C'est le moment que choisit Marcel pour quitter sa cachette.

– Marcel, attend...

Sans écouter son frère, le voilà déjà dans la grande cour ronde à marcher d'un bon pas jusqu'à l'ours, en essayant de slalomer entre les débris qui jonchent le sol. Il y en a partout.

– Pssttt, dit-il.

L'ours continue à se lécher la patte gauche après avoir soigneusement léché la patte droite.

– Oh, l'ours, pardon de te déranger pendant ta toilette, mais est-ce que tu as fini de tout casser ? On aimerait te parler, avec mon grand frère.

Est-ce l'âge ou tout simplement son caractère ? Marcel est parfois capable d'attitudes qui surprennent tout le monde.

À commencer par sa famille.

– Tu as faim, peut-être ? J'ai des noix que j'ai rapportées de ma maison parce que j'aime bien les noix. Toi aussi, non ?

Marcel lui jette quelques cerneaux. Ni une ni deux, l'animal les gobe et se redresse pour approcher de Marcel. Il le renifle, des pieds à la tête, de sa gueule il le soulève par le manteau, presque avec délicatesse, et va se rasseoir en tenant Marcel entre ses grosses griffes.

Colin, qui est sorti à son tour, suivi d'Arcadius, n'en revient pas. L'ours fait un câlin à son petit frère, lui donne des noix une à une. Tranquillement. Paisiblement.

Mais dès qu'Arcadius tente d'approcher, la bête rugit. Méfiante. Violente. L'ours s'est redressé, tenant toujours le petit garçon contre lui. Trop dangereux d'approcher.

– Et maintenant ?

– Je ne sais pas, modestement, je ne sais pas. Je suppose qu'il faut attendre que l'ours laisse place à Rhiannon.

– Et ça prend combien de temps ?

– Le temps qu'il faudra, Colin.

– Il n'y a pas une énigme à résoudre comme tout à l'heure ?

– Non.

– Une formule magique à prononcer ?

– Non.

– Un serment ? Une amulette ? Un objet ?

– Non, non, non, Colin. Ou alors je l'ignore. Non. Je ne sais pas.

Il faut un instant imaginer la scène dans le cœur de la nuit de Sanarshel. À la lueur de la fosse. Le champ de ruine dans la cour ronde, les pièces dévastées, un vieil homme fatigué, un enfant dans les bras d'un ours colérique et Colin qui ne sait ce qu'il doit faire, sinon, parler avec son cœur. Voilà. Quand il ne reste plus rien d'autre.

Il s'adresse à la bête :

– L'ours, ou Rhiannon, j'ignore la manière dont il faut vous appeler, commence-t-il. Je suis Colin et lui, là, le petit, c'est Marcel, mais, visiblement, vous vous connaissez. Notre sœur est tombée dans l'eau en voulant aider, en voulant sortir les livres. C'est ça qui pue, les livres, je ne sais pas si vous avez remarqué, mais ça pue.

« Si vous pouvez sauver Billie, vous n'imaginez pas comme je vous en serais reconnaissant. Billie est trop essentielle pour nous. Elle est un peu de nous et nous, un peu d'elle. On se complète. On se comprend. À trois, on n'y arrive pas. À deux, encore moins. Je sais que vous avez de quoi en vouloir aux hommes qui oublient et qui parfois remplacent vite. Trop vite. Les hommes qui méprisent. Qui crachent sur les idoles du passé. Qui font le mal sans se retourner.

« C'est cela que vous venez de faire en cassant tout, n'est-ce pas ? J'ai bien compris ? Vous vous vengez ? C'est ce que m'a dit Arcadius tout à l'heure. N'est-ce pas que vous vous vengez ? Si on vous a effacé des mémoires pourquoi ne pas effacer aussi l'œuvre des humains. Je vous ai vu écraser les armes une à une.

Tout en mâchonnant des noix, l'ours fixe intensément Colin qui parle en regardant le sol. Sans se rendre compte que des larmes coulent sur ses joues.

– Mais nous ne sommes pas les hommes, nous. Nous sommes des enfants. Les enfants Hinterland. Déjà qu'on n'a plus nos parents, alors ce serait de la tristesse en trop, dans une vie, de pas pouvoir garder ses sœurs ou ses frères.

« On devrait toujours se demander si la tristesse, elle ne vient pas en trop dans une vie. Pour mieux partager. Je sais que c'est ridicule ce que je dis. Mais je crois aussi que quand on n'a plus aucun espoir, il faut livrer ses rêves à la terre ou au ciel, parfois ils en font quelque chose. Sachez juste que nous, les enfants Hinterland, nous n'oublions jamais.

Quand il redresse le visage et sèche ses larmes, Colin n'en revient pas. À la place de l'ours se tient désormais une femme élégante et précieuse, Rhiannon, en personne, et à taille humaine désormais. Marcel est toujours dans ses bras.

Sans un mot, la fée s'approche de la fosse, il lui faut un geste, simple geste, un rien du tout, pour faire sortir dans un même élan tous les livres et Billie avec. Billie, saine et sauve, tenant dans sa main droite un livre épais relié en maroquin.

Il y a un moment de silence, de choc. Puis, brusqement, Colin se jette dans les bras de sa sœur, Marcel avec.

– Je ne sais pas si c'est un miracle mais c'est une merveille !

Jamais ils ne sont étreints aussi forts.

– Merci, Rhiannon. Merci de nous avoir aidés.

La fée s'adresse à lui de sa voix mélodieuse :

– Disons que c'est un juste retour des choses. Sans votre présence ici, sans vos efforts, Sanarshel était voué à la poussière malgré les efforts de ce cher Arcadius. Grâce à l'invocation, j'ai pu retrouver les forces dont j'ai été privées pendant si longtemps.

« Dites-vous une chose, enfants Hinterland, sans vous rien n'est possible. Ce n'est que grâce à votre présence ici que nous avons pu sauver ce qui devait l'être. L'ours, mon totem, n'avait plus été appelé depuis des siècles. Ce qui explique sa part incontrôlable. À vous deux, Marcel, Colin, vous avez su lui parler, l'amadouer, l'apaiser et par-dessus tout le comprendre.

« Contrairement à ce que pensent trop souvent les hommes, on ne répond pas à la fureur par la fureur. Quant à toi, Arcadius, cher Arcadius, toi aussi tu vas retrouver de ta vigueur et de ton énergie. Les enfants Hinterland t'ont sauvé, pour le moment. Mais il n'est pas dit que le règne des Rois nous anéantira une nouvelle fois.

« À vous, enfants, je laisse ce livre que Billie tient dans sa main. Il contient toutes les connaissances de votre ancêtre, Maguy Planteur. Prenez-en bien soin.

« Je vous rend aussi ce qui vous appartient, ce couteau de nacre, symbole de la famille Hinterland. Un couteau qui renferme bien des pouvoirs, et aussi, sa part de secrets.

« Vous avez réussi votre mission, vous avez sauvé Arcadius. Mais rien n'est encore joué. Vous êtes tous en danger. Rentrez à Paris sans tarder. Votre sœur a besoin de vous. Je perçois la menace. Les Rois sont plus en avance qu'on ne le pense. Souvenez-vous du secret de Sanarshel.

En parlant, elle glisse dans l'autre main de Billie le couteau de nacre.

– On reviendra, promet Marcel.

Et, avec un grand sourire, il reprend les commandes de son engin volant.

XXXIX

Les hommes ont parfois des comportements étranges. Alors que les Rois étaient vaincus, pourquoi leur offrir une telle sépulture ? Pourquoi ne pas leur réserver un coin misérable et loin de tout ? Pourquoi une telle splendeur ?

Après l'immense galerie à la rivière, Esther, Hermès et l'homme à l'oiseau font leur entrée dans la « salle des dix ».

– Et voici le clou du spectacle, gamine.

L'homme à l'oiseau jubile et, pour une fois, Esther lui donne raison.

Le lieu est époustouflant. Une hauteur majestueuse. Un scintillement presque aveuglant. Les dix tombeaux de marbre forment un cercle gigantesque, et les couleurs qui vont avec. Les couleurs des Rois. Du marbre rouge, noir, jaune, violet, blanc...

Avec les reflets, ce sont mille couleurs, variations de couleurs, qui se mélangent. Au début, Esther a du mal à garder les yeux ouverts, c'est si éblouissant de beauté et de majestuosité.

Derrière chaque pierre tombale, noyée dans la pénombre, se trouve la statue d'un Roi. Et, derrière chaque Roi, une centaine d'autres statues, plus petites, plus humbles, aux mêmes couleurs que leur monarche. Dans l'obscurité, on pourrait les croire vivantes, bien vivantes.

– Qui sont tous ces gens ? fait d'ailleurs remarquer Esther avant de comprendre que ce sont des personnages de pierre.

Pour ajouter au trouble, de la musique s'élève entre les pierres, une mélodie très douce, légère, poétique. Un air qui tranche avec le sentiment de contrainte et de violence qui pèse sur ce lieu et sur les épaules de la jeune Hinterland.

– Qui joue ? demande-t-elle.

– Personne, c'est une harpe mécanique située juste au centre.

– Pour qui joue-t-elle ?

– Pour les Rois, évidemment.

– C'est stupide, réplique Esther qui retrouve de son mordant maintenant qu'elle sait qu'Hermès est avec elle. On ne joue pas pour des morts. Ça ne sert à rien du tout.

Cette fois, l'homme à l'oiseau se retourne vers elle. De son regard vide il la scrute, même s'il ne voit rien.

– Jouer pour les morts a un sens, gamine. Surtout quand ils ne le sont pas vraiment. Avance, bécasse.

Le ton se fait plus dur. Esther trébuche alors que l'homme à l'oiseau tire violement sur la chaîne. Hermès manque de tomber de la poche.

– Parlez-moi autrement. Bigleux que vous êtes, vous faites le costaud, mais la gamine, vous êtes obligé de l'attacher. Alors ça ne sert à rien de frimer.

– Tu as raison. À quoi bon t'attacher ? Tu n'iras plus nulle part désormais.

Et, contre toute attente, l'homme à l'oiseau revient sur ses pas et commence à détacher Esther.

– Tu ne fuiras pas. Je le sais. Tu es dévorée par la curiosité. C'est ton point faible, Esther. C'est la raison pour laquelle j'ai installé mon attraction sur la place de la Concorde. Pour te faire venir, pour t'attirer à moi et ton frère avec, et les autres ensuite. Ça n'a pas manqué. Tu es tombée dans le piège, aussi grossier soit-il. Et maintenant, tu vas rester avec moi.

À peine l'homme à l'oiseau a-t-il fini sa phrase qu'Esther fait marche arrière et se met à courir dans l'autre sens.

Prête à retrouver la surface, elle décampe à une vitesse folle, ses chaussures manquent d'adhérence sur le sol humide, son cœur bat à tout rompre mais, bizarrement, l'homme à l'oiseau ne fait rien pour la retenir, pas plus que l'oiseau, d'ailleurs. De là où il est, planté comme un piquet, sans réaction, l'homme à l'oiseau hausse la voix, profitant de l'écho, il est certain d'être entendu.

– Tu ne veux pas rencontrer les Rois, Esther ? Es-tu bien certaine de ne pas vouloir les voir ?

– Ne l'écoute pas, Esther, fonce, crie à son tour Hermès. Ne te retourne pas.

Hermès est sorti de la poche de la jeune fille, il vole à ses côtés maintenant, et il remarque qu'elle ralentit. Il la tire par le col.

Elle ralentit encore. Il la tire par les cheveux. Elle ralentit encore plus.

Esther s'arrête. Comme retenue par une force invisible. Comment cela, voir les Rois ? Quel est ce nouveau tour de magie ?

– Vous cherchez à me duper, vous n'êtes qu'un malfaisant, un arnaqueur, hurle-t-elle, et pourtant, elle n'avance plus. Vous cherchez encore à me piéger.

– Qu'est-ce que tu fais, Esther ? Esther, réveille-toi ! Secoue-toi ! crie à son oreille Hermès.

– Et voilà le petit dieu, s'amuse l'homme à l'oiseau. On m'avait parlé de toi, mais j'avais peine à croire que les Hinterland fassent confiance à un déchu de ton espèce. Hermès.

L'homme à l'oiseau semble se réjouir du spectacle que l'oiseau continue à lui décrire à l'oreille.

– Tu as le choix, Esther. Vois-tu, je suis généreux, somme toute. Je te laisse le choix. Tu peux repartir, fuir. Tu peux aussi rencontrer ceux dont on dit bien des choses, sans jamais l'avoir vérifié. Ceux qui furent tes Rois.

– Ne l'écoute pas, Esther. Les Rois ont disparu, et le monde n'a jamais été aussi heureux depuis. Ne l'écoute pas, pense à Colin et aux autres, jamais ils n'accorderaient la moindre attention à ce brigand.

Hermès, de ses petites mains, tape sur les joues d'Esther, comme pour la réveiller. Mais c'est à croire qu'elle est hypnotisée. D'un pas assuré, elle rejoint l'homme à l'oiseau.

Elle n'est plus attachée, plus entravée, elle se laisse faire, dévorée par la curiosité.

Ils sont entrés dans le cercle formé par les dix tombeaux, et c'est alors qu'elle découvre dix sièges, eux aussi de marbre de couleur, eux aussi en cercle et, au centre, la harpe qui continue à jouer. Ensemble, ils s'avancent. Hermès s'est posé sur l'épaule d'Esther. Autant elle paraît presque sereine, autant lui tremble de toutes ses ailes.

– Tu joues avec le feu. Et quand tu te brûleras, ne compte pas sur moi, Esther.

– C'est une occasion unique, Hermès, réfléchis donc, chuchote la jeune fille. Voir les Rois. On peut avoir la preuve qu'ils existent encore, tu t'imagines ?

– Non, je n'imagine pas, je préfère ne pas imaginer, justement. Et, de toute manière, ils sont morts et ça, je n'ai pas besoin de l'entendre ou de le voir pour m'en convaincre. Ils sont morts, Esther. Et si Billie était là, tu sais ce qu'elle dirait.

– Oui, mais justement, elle n'est pas là.

Le petit dieu est si agité qu'il ne cesse de changer d'épaule, il va et vient, il s'exaspère de ne rien pouvoir faire. C'est le sort des dieux ici-bas désormais, ils obéissent à la volonté des hommes.

– Parfois, je ne vous comprends pas. Vraiment pas.

– Peux-tu demander à ton animal de compagnie de faire moins de bruit ? intervient l'homme à l'oiseau. Moins les dieux ont de pouvoir, et plus ils bavardent.

Le corbeau acquiesce d'un croassement moqueur.

– Vous faites la paire, vous deux. Vous êtes hideux, et puis, je ne suis pas un animal de compagnie comme ton...

Hermès est interrompu par le silence. La harpe s'arrête net et son socle s'enfonce dans le sol.

À la place de l'instrument apparaît un récipient, un demi-coquillage, mais pas de ces coquillages de plage que l'on colle à l'oreille, non, un bénitier, une vasque, de quoi allonger Hermès tout entier.

L'intérieur est nacré, aux reflets rosés. Et dans cette vasque, de grosses perles éclatantes, grosses comme des pommes. Chacune doit avoir une valeur inestimable. Chacune pèse lourd, c'est certain.

On pourrait croire qu'il y a, à l'intérieur, une flamme, en tout cas, une lueur. Ces pierres enferment quelque chose ou quelqu'un...

D'un geste assuré, comme s'il y voyait parfaitement, l'homme à l'oiseau s'en saisit une par une et les dépose avec soin sur l'un des fauteuils. À chaque fauteuil sa perle. Dix perles, dix fauteuils. Dix couleurs. Esther est hypnotisée par le cérémonial.

Maintenant que la harpe mécanique ne joue plus, seuls les pas de l'homme à l'oiseau se font entendre, des claquements secs, les talons sur le sol froid, au loin, c'est à peine si l'on entend le bruit de l'eau des fontaines.

Il règne ici une atmosphère à la fois majestueuse et lugubre.

Esther ne peut retenir un frisson.

– S'il y a des fauteuils, Hermès, c'est qu'il y a des gens pour s'assoir dedans. C'est évident.

– Ce qui est évident, c'est que cet individu est un affabulateur. Nous devrions nous enfuir, Esther. Il serait incapable de nous arrêter.

Esther et Hermès discutent comme si l'homme à l'oiseau n'était pas là. Il a l'air si occupé, si affairé, il ne fait plus attention à eux et c'est ce qui sidère le plus Esther. Elle est sa prisonnière et il ne fait rien pour la retenir.

Il doit bien la connaître s'il ne craint pas qu'elle s'échappe. D'où tient-il ces détails sur elle ? Comment a-t-il su pour sa curiosité parfois maladive ?

Une fois les perles positionnées, l'homme à l'oiseau prend un air étrangement solennel, il pose un genou au sol dans une posture de soumission qui ne lui ressemble pas. Munin aussi baisse la tête et le bec.

– Qu'est-ce que vous faites ? interroge la fille Hinterland en regardant de tous les côtés, pour s'assurer qu'elle n'est pas en train de rater quelque chose.

– Tu ne vois pas qu'il a peur, Esther ? lui répond le petit dieu.

Mais peur de qui ? De quoi ? Il n'y a qu'eux ici, et des statues. Et pourtant... et pourtant...

Un mouvement très léger et puis plus précis, de plus en plus précis. Comme si s'animaient les pétrifiés. C'est bien cela. Esther et Hermès n'en croient pas leurs yeux.

Autour de chaque tombeau, l'une des dix statues se réveille. Elle s'anime, s'étire comme après un long sommeil. Fascinant retour à la vie d'un corps de marbre. Et voilà que ces statues s'approchent vers le centre du cercle, très lentement, avec des pas pesants, lourds, cadencés, dix statues, représentant chacune l'un des Rois, s'avancent. Esther se sent encerclée, elle a raison, elle l'est. Les Rois avancent dans sa direction.

– Ne t'inquiète pas, ce sont des statues, elles ne peuvent rien nous faire.

Hermès a beau dire et beau faire, il ne croit pas en ce qu'il dit. La scène est interminable, effrayante et superbe à la fois.

Allez savoir qui est le plus pétrifié de tous, les Rois ou Esther.

Les statues crissent en se déplaçant, dans une démarche maladroite, chancelante. On ne sait pas s'il suffit de se jeter sur elles pour les faire tomber et les casser en morceaux, ou si ce sont de féroces adversaires.

Un à un les Rois s'assoient. Un à un leur regard se pose sur Esther et son petit dieu. Des regards brûlants, lumineux, de la même lumière que les pierres rondes déposées par l'homme à l'oiseau, des pierres qui sont donc comme leur âme.

– C'est tout, tonne le Roi Rouge. Après tout ce temps. Une fillette et un nabot ? Tu plaisantes, j'espère, Baltharos ?

– Seigneur, répond en tremblant l'homme à l'oiseau, dénommé Baltharos, ce n'est qu'un délai. Les autres suivront. Ils ne savent pas faire autrement que de se suivre à la trace. Je ferai très vite mieux.

– Savoure déjà le hors-d'œuvre, fait remarquer à son tour le Roi Jaune.

– À peine un amuse-bouche, réplique le Roi Rouge. Tu es donc une Planteuse ?

– C'est à moi que vous parlez ? fait mine de s'étonner Esther.

Elle a beau n'en rien montrer, elle transpire d'angoisse. Les Rois ont des voix caverneuses et désagréables à l'oreille, des voix de casseroles, se dit-elle. C'est un truc que lui a appris sa mère il y a longtemps.

Si quelqu'un t'impressionne, essaye d'imaginer quelque chose de ridicule le concernant, ça aide à faire face.

Dans l'immédiat, Esther imagine les Rois parlant dans des casseroles, mais l'effet est de courte durée.

– Oui, c'est à toi que je parle. Pas à la bestiole qui te sers de garde du corps.

– Alors je n'ai pas compris votre question.

– Es-tu une Planteuse ? De la famille des Planteurs ? C'est pourtant assez simple, non ?

– Je suis une Hinterland, un point c'est tout, répond Esther en posant ses mains sur ses hanches.

Elle tourne sur elle-même, n'hésitant pas à défier les Rois à son tour, pour montrer qu'elle n'est pas effrayée. En réalité, elle l'est pour de bon, mais prête à rendre les coups comme toujours.

– Pour le reste, ajoute-t-elle, je ne comprends rien à ce que vous racontez ni à ce que vous me voulez.

– Mon dieu, qu'elle est fatigante, s'agace le Roi Noir qui se redresse sur son siège. Est-ce la bonne famille, Baltharos ?

– Seigneur, j'ai cherché pendant si longtemps. Pour moi il n'y a aucun doute, absolument aucun, que ces enfants sont les derniers descendants de Maguy Planteur, du Verger. Après eux, la lignée s'interrompt. Hinterland est le nom de leur père. Voilà pourquoi ils ne s'appellent pas « Planteur ».

– Enfermons-là et n'en parlons plus. Nous les réduirons au silence quand ils seront tous là.

– Eh oh, les Rois de porcelaine, je suis là ! Et au cas où vous n'auriez pas remarqué, je vous entends. Et je vais pas vous laisser faire. Salut, la compagnie.

Profitant de ne plus être attachée, et en ayant bien assez vu et entendu, Esther bondit entre les trônes des Rois Vert et Bleu. Elle fait ce qu'elle aurait sans doute dû faire depuis le début : courir, fuir, décamper, mettre les voiles.

Déjà à sourire de l'effet de surprise et de l'absence de réaction de ses adversaires, Esther se retourne une seconde pour voir à quel point elle prend de l'avance. Mais le choc est brutal.

Sa tête heurte violemment un bloc de marbre. La collision est si violente qu'elle en perd connaissance et s'étend de tout son long sur le sol.

« C'était trop beau, se dit Hermès. Évidemment qu'ils avaient prévu de la surveillance. »

Esther est ramenée, inanimée, au centre du cercle des trônes par un loup, de pierre lui aussi, l'un des dix, comme toujours, chargés de la protection des Rois.

– Elle a du plomb dans la cervelle. Assurons-nous de la mater, chers Rois, fait remarquer l'un d'entre eux, avant de reprendre aussitôt : et comment fais-tu pour t'assurer que les autres viendront à leur tour, Baltharos ?

– J'ai eu un peu d'aide. Je sais pouvoir compter sur Hermès, qui a semé des indices et des cailloux, n'est-ce pas, Hermès ? Tu es malin. Et je ne doute pas que tu vas nous aider, malgré toi, dans notre projet, ricane l'homme à l'oiseau tout en enfermant le petit dieu dans une cage, tel un vulgaire canari.

Hermès en pleurerait de rage. En effet, il a laissé des indices sur leur chemin. Il s'en mord les doigts.

– Quand ils seront tous là, nous les ferons disparaître. Qu'ils connaissent le même sort que leur ancêtre, cet Angus. Notre reconquête pourra alors commencer.

De ses mains de marbre, le Roi Rouge se frappe sur le torse. Tout à sa joie future.

XL

L'homme à l'oiseau ne manque pas de bon sens. Il faut savoir s'appuyer sur l'intelligence des autres.

Hermès, en partant à la recherche d'Esther, n'allait pas se contenter de la suivre. Il fallait semer sur son chemin des indices, comme autant de repères pour les autres enfants Hinterland.

Ils savaient qu'Esther était allée à la Concorde pour cette fameuse attraction dont elle avait parlé avec Colin. Ce serait donc le point de départ.

À compter de la place de la Concorde, tous les deux cents mètres, Hermès a donc lancé au sol des graines de tournesol. Des graines cultivées par Billie.

Sitôt en contact avec le sol, que ce soit un pavé, de la terre ou du goudron, la graine se transforme en un grand tournesol de plus de deux mètres de haut. Inutile de s'acharner à essayer de le déraciner, c'est une plante indélogeable et indestructible pendant quelques jours.

Hermès, accroché aux pare-chocs du camion de l'homme à l'oiseau, a semé ses graines et ses tournesols.

Ainsi, les enfants Hinterland, de retour à Paris après leur périple à Sanarshel, n'ont pas eu de mal à suivre la route.

Et Billie, Colin et Marcel sont désormais devant les grilles du cimetière, au pied de la dernière fleur plantée là par Hermès.

– Qu'est-ce que c'est, cet endroit, Billie ? demande Marcel.

– C'est un vieux cimetière, Marcel. Personne n'a le droit d'y entrer, paraît-il, c'est la première fois que je viens ici. C'est aussi dans cet endroit que les Anciens Rois ont été enterrés. C'est pour cela que le lieu est plus ou moins interdit.

– Pourquoi Esther serait venue ici, on est loin de la place de la Concorde, non ? s'interroge Colin.

Comme son frère et sa sœur, il est épuisé par ces derniers jours, il a de drôles de sensations. Il croit sentir les battements de cœur de sa jumelle, quand ils sont proches l'un de l'autre, ils sentent mutuellement leurs respirations, ils sont dans le même tempo.

Il ressent une agitation anormale. Une crainte. C'est assez indéfinissable. Est-ce que c'est la fatigue ? Ils ont à peine eu le temps de déposer leurs affaires à la Cabane en atterrissant. Bien sûr, ils espéraient bien y retrouver Esther... mais la Cabane était vide, silencieuse, et la maison silencieuse, ce n'est jamais bon signe.

Le robot-cuisinier leur a fait des sandwichs, et ils sont aussitôt repartis.

Après un temps d'hésitation, Billie se décide à entrer dans le cimetière. Ce n'est pas un cimetière comme on se les imagine. Il n'est pas triste. Il n'est pas sombre ni angoissant. Entre les tombes, pour certaines très anciennes et abîmées, poussent une végétation nombreuse et variée, des fleurs, du lierre, des arbustes... Marcel n'en revient pas. Lui qui adore les plantes. Il n'a jamais vu autant d'espèces à Paris.

Le Roi Rouge n'a pas réussi à tuer toute la flore, elle a fini par reprendre ses droits des siècles plus tard.

Armé d'une pioche pliable et de pochettes en feutre doux, Marcel commence à ramasser quelques échantillons. Il les dépose délicatement dans une petite boîte qu'il a attachée à sa ceinture. C'est pour ça qu'il se promène toujours lourdement équipé.

– C'est pas le moment, Marcel. Allons.

– Avec vous, c'est jamais le moment. Sauf quand ça vous arrange. Deux minutes...

Marcel ne tient pas compte des remarques de son frère et il continue à cueillir des plantes dans son coin, caché par une pierre tombale recouverte de mousse, la tombe d'un certain « RUPUS TAGLANNE », nom écrit dans la pierre en lettres d'or. Il perd de vue les deux autres qui avancent doucement vers les grands pommiers. Et réciproquement.

– Marcel, tu suis ?

Quand Colin se retourne, Marcel a disparu. Introuvable entre les pierres tombales.

Pas si loin de là, quelques centaines de mètres, sous terre, Esther ne se doute pas que la fratrie se rapproche. Elle est revenue à elle après avoir été assommée. Un mal de crâne lui vrille la tête. Elle est furieuse.

Furieuse contre elle-même d'abord, cette manie de se laisser avoir et de se laisser dominer par sa curiosité. Furieuse aussi contre ces Rois qui la détiennent alors qu'elle ne comprend pas pourquoi. En plus, elle ne supporte pas cet air de harpe qui a repris au loin et qui se répercute sur les murs. La rengaine est lassante.

– Qu'est ce qu'ils me veulent, ceux-là ? se dit-elle à voix haute, assise dans le coin d'une pièce qui ressemble à un trou creusé dans la roche.

– Qu'est-ce qu'ils vous veulent, tu veux dire.

Hermès est là, lui aussi, toujours dans une cage. Tel un simple oiseau. Il le vit très mal, comme une vexation, comme une provocation.

– Ce n'est pas seulement contre toi que les Rois ont décidé de se dresser, Esther. Il est grand temps que tu raisonnes autrement qu'à travers tes envies et tes désirs, non ?

Le ton d'Hermès est sévère. Esther connaît ce ton. Elle sait qu'en général c'est qu'elle est allée trop loin.

– Regarde une seconde où nous en sommes, Esther, poursuit Hermès d'une voix calme mais ferme. Tu n'es pas responsable du mauvais tour joué par cet homme avec son oiseau et par ces Rois, je te l'accorde. Mais tu te laisses trop souvent guider par tes instincts sans imaginer les conséquences. Et les conséquences, tu les mesures autour de toi. Nous sommes dans de beaux draps.

– Qu'est-ce que c'est que cette expression ? fait mine de s'amuser la fillette.

– Crois-tu que j'ai le cœur à rire, Esther ?

Pour éviter le regard réprobateur du petit dieu, Esther se détourne de lui et observe les alentours.

La pièce qui fait office de cellule est fermée par des barreaux qui vont du sol au plafond. Ils sont d'une matière étrange, molle en apparence, de gros élastiques dirait-on, du caoutchouc. Trompeuse apparence.

Dès qu'on essaie de les écarter pour passer, ils se raidissent et propulsent celui qui voudrait s'évader loin derrière. Trop confiante, Esther en a déjà fait les frais à deux reprises. Elle est prévenue.

–Tout ceci, reprend Hermès, c'est la preuve que les Rois ont un projet très avancé et très dangereux.

Non seulement ils vous en veulent, mais ils ont donc bien l'intention de reprendre le pouvoir.

– Et que peut-on faire pour l'éviter ?

– De là où nous sommes, toi dans une cellule et moi dans une cage, pas grand-chose. Espérons de l'aide. Mais qui pourra nous en fournir...

– Marcel ? Marcel, où es-tu ?

Entre appels et chuchotements, Billie et Colin cherchent leur petit frère.

– Bon sang, mais il faut toujours que l'un d'entre vous se fasse remarquer, peste l'aînée. Où est-il ? Marcel ? Marcel !

Dans les broussailles, entre les hautes herbes et les buissons, ils cherchent sans succès, jusqu'à trouver enfin la pioche pliable du petit garçon.

– Là, regarde, Colin.

– Il a laissé sa pioche dans le sol et rien autour. Attention, ça bouge par ici...

Les deux enfants scrutent un mouvement dans des fougères épaisses, un animal prêt à surgir à n'en pas douter, un chat, un chien, un gros rat, ils entendent un bruit, un essoufflement, comme des crachats, quelque chose qui racle le sol, qui fouille, qui serpente... et, surgit tout à coup... la tête de Marcel.

Sa tête sort du sol. Juste au niveau de la tombe de ce « RUPUS TAGLANNE ».

– Qu'est-ce que tu fabriques, Marcel ? Tu nous as fait peur.

Le petit garçon s'essuie la bouche et crache au sol pour chasser la terre qu'il a sur les lèvres et la poussière qui encombre son visage.

– Venez voir.

Marcel repart en arrière, s'enfonçant de nouveau dans le sol sous cette tombe armé d'une lampe de poche (il est toujours équipé), il progresse en tête.

Il faut batailler avec la nature qui a poussé là depuis longtemps sans être dérangée. Des racines épaisses ralentissent l'avancée, surtout pour les plus grands, Marcel lui n'a pas de mal à se glisser dans les petits espaces. C'est d'abord une pente sablonneuse qui descend, et puis la pente devient escalier. Des marches dans un endroit pareil, sous la terre.

Billie se souvient de ses livres. Les livres d'histoire. Il y est question d'un Verger où l'on cultivait tout ce que l'on pouvait imaginer. Est-ce l'un des vestiges de ce verger ?

Marcel caracole devant, menant la troupe, mais jusqu'où vont-ils s'enfoncer ainsi ? Le plus petit d'entre eux s'arrête enfin. Dans un cul-de-sac.

– Nous sommes sous l'un des pommiers que l'on voyait dehors. Je reconnais les racines de ces arbres.

Il y a là une grande cavité qui ressemble autant à un abri qu'à un lieu de stockage. On y trouve des sacs de toile, grands ou petits, ils renferment des graines, la plupart devenues inutilisables avec le temps. Il y a là aussi des outils. Et même deux fusils. Eux aussi paraissent si vieux qu'on voit mal comment ils pourraient encore servir. Colin et Billie fouillent les lieux sans trop savoir ce qu'ils cherchent.

– Mais qu'est-ce que vous faites ? Ce n'est pas ça qui est intéressant, levez la tête, les sermonne Marcel. Avec sa lampe de poche, il éclaire le plafond.

Dans la plus grande racine, au-dessus de leur tête, est sculpté un visage difficile à identifier, il est abîmé, on croit deviner les traits d'une femme. Dans les racines plus basses, d'autres visages et encore d'autres visages...

– C'est exactement comme... Billie, as-tu le livret de famille ? demande Colin.

– Il n'a pas quitté ma poche depuis notre départ.

Elle le sort et déploie les Préludes comme elle l'a déjà fait plusieurs fois ces derniers jours, comme elle l'a fait avec ses parents pour la première fois, il y a quelques jours.

La galaxie de la famille s'ouvre, mais cette fois, au lieu de flotter dans l'atmosphère comme un ciel étoilé, elle vient se plaquer sur les racines, comme un calque parfait.

Sur les racines de cet arbre sont sculptés, gravés, marqués, les noms et les portraits de toute la famille Hinterland et, avant eux, des Planteurs.

Les enfants reconnaissent leurs parents, ils reconnaissent Arcadius dont le visage ne s'efface plus, ils peuvent plus facilement encore remonter jusqu'en haut, tout en haut, là où s'inscrit le début de tout, ici-même au Verger, dans le regard de Maguy Planteur.

C'est son visage qui trône au sommet. Les yeux des enfants brillent dans le reflet des Préludes qui ont épousé le bois des racines. Tout prend un sens différent, plus puissant, ce lien entre les Préludes, ces racines, la Cabane, leur vie. Ils font partis d'un tout, d'un grand ensemble, ils se sentent moins seuls soudain.

Pourtant, étrangement, les quatre Hinterland ne sont pas visibles sur les Racines. Les dessins ne vont pas jusqu'à eux.

– La racine s'enfonce dans la terre, en dessous de papa et maman, il faut creuser. Heureusement, j'ai ramassé ta pioche, Marcel.

Et Colin commence à gratter la terre, espérant voir apparaître leurs visages. La racine poursuit sa route dans le sol, encore et encore et encore... sans succès.

– C'est étrange. On dirait que l'arbre ne nous connaît pas.

– Chut ! Vous entendez ?

À mesure que Colin creusait le sol, le son s'était fait plus audible. Aucun doute. C'est bien une mélodie, une mélodie répétitive.

– C'est de la guitare.

Le garçon continue à creuser, le trou est profond d'un ou deux mètres, maintenant, quand soudain il se retrouve suspendu dans le vide, ou presque, prêt à tomber au milieu de la salle des tombeaux. Il se retient in extremis.

– Ce n'est pas de la guitare, c'est de la harpe. Et si vous passez par là, vous êtes fichus.

La voix fait sursauter de terreur les enfants. Et c'est un autre enfant qui en responsable. Il a beaucoup de bras.

XLI

– Tu as six bras.

Marcel n'en revient pas. Passé la frayeur, il est subjugué par le corps de ce garçon qui vient d'apparaître. Il est costaud, à peu près de la taille de Colin.

– Oui, avoue l'enfant. Mais je les cache la plupart du temps. Sauf quand je dois me défendre.

– Te défendre contre quoi ?

Billie croit deviner la réponse mais elle préfère l'entendre.

– Contre vous, par exemple.

Colin a une sensation étrange, des palpitations, exactement comme en présence de sa jumelle.

C'est sans doute qu'elle n'est plus très loin.

– Nous ne voulons pas d'ennuis, nous venons chercher notre sœur, rien de plus. Mais tu as raison sur un point : si pour la trouver, il faut se battre, alors, je me battrais.

– Tu n'aurais aucune chance.

– Tu veux parier ?

Les deux se mettent en position, genoux fléchis, prêts à bondir l'un sur l'autre. Le garçon aux six bras serre les poings, son corps ne trahit aucune faiblesse.

– Non, mais ça ne va pas ! intervient Billie d'un ton sévère. Vous n'allez quand même pas vous battre comme deux gosses dans de telles circonstances !

– C'est vrai, quoi, surenchérit Marcel déjà planqué derrière Billie.

– Quel est ton nom ? interroge Billie qui prend ses airs de grande.

– Je m'appelle...

Le garçon aux six bras paraît hésiter. Il a reculé d'un pas, presque surpris par la question.

– Je m'appelle, je m'appelle...

– Oui ?

– Gamelin.

– Tu n'as pas l'air d'en être certain, ricane Colin.

– Non, je pense que c'est Gamelin, mais personne ne m'appelle jamais par mon prénom ici.

– C'est quoi, ici, continue à le questionner Billie. N'est-ce pas le tombeau des Rois ?

– Si. Et c'est là que votre sœur se trouve avec votre petit dieu.

– Hermès ! Hermès est avec elle. Et ils vont bien, au moins ?

– Je n'en sais rien, je suis chargé de surveiller l'extérieur, c'est comme ça que je vous ai vus entrer et que je vous ai suivis jusqu'ici.

– Pourquoi as-tu six bras ?

– Parce que je suis né ainsi.

– Est-ce que tu vas nous dénoncer ?

– Tu poses beaucoup de questions, toi. Si c'était mon intention, je l'aurais fait depuis longtemps. Mais, je ne sais pas pourquoi, j'éprouve quelque chose de particulier depuis que vous êtes arrivés, comme quand j'ai croisé pour la première fois votre sœur. Pourtant, on n'est pas du même monde.

Il suffit de regarder. En un clin d'œil, chacun voit en effet la différence. Malgré leur long voyage vers Sanarshel, les Hinterland ont des vêtements soignés, élégants, même, pour Colin.

Tout l'inverse de Gamelin, appelons-le ainsi puisque c'est le prénom qu'il utilise. Sa tenue à lui est plus râpeuse, plus sale, il a les bras robustes, de toute évidence son visage et ses cheveux ne croisent pas un miroir tous les jours.

– Je vais vous aider, mais après, je ne veux plus vous voir. Après, il faudra fuir autant que possible. Ils vous en veulent. Je ne sais pas ce que vous leur avez faits, mais ils vous détestent.

– Qui ?

– Les Rois. Mais moi, je connais leur point faible. Pour cela, il faut attendre qu'ils soient animés.

Le trou que les enfants Hinterland ont creusé en longeant la racine mène exactement dans le coin sud de la salle des tombeaux. Tout en haut.

De là où ils sont, presque impossible de les voir, mais eux voient parfaitement ce qui se trame quelques mètres plus bas. Ils ont une vue imprenable sur les dix tombeaux de couleur. C'est le point de vigilance parfait.

En dessous d'eux, et après de longues heures d'attente, la harpe a fini par se taire et l'homme à l'oiseau a de nouveau glissé les perles sur leur emplacement. Les Rois sont désormais tous sur leur trône. Autour d'eux s'agitent leurs loups, délicats et puissants, ils marchent de long en large autour des tombeaux, ils guettent, ils reniflent. Que peuvent vraiment sentir des bêtes de marbres ? Ce qui est certain, c'est que lorsqu'ils laissent apparaître leurs dents, elles n'ont rien à envier à des dents de loups bien vivants.

– Ils tardent.

Le Roi Violet s'impatiente, la discussion est houleuse entre les souverains. L'homme à l'oiseau est l'objet de critiques, les autres enfants Hinterland ne sont toujours pas là.

– Comment être certains qu'ils vont venir ? Allons les chercher.

– C'est trop risqué pour vous, seigneurs. Vous êtes vulnérables...

– Pour qui te prends-tu, misérable infirme ? tonne le Roi Noir à son tour. Vulnérable. Il suffirait d'un geste pour que nos loups te dévorent.

Les loups, justement, se mettent à gronder. Ils font le bruit de gros grelots, cela donnerait presque l'occasion de sourire s'ils n'étaient pas si énormes. De la taille d'un petit cheval chacun. Et s'ils se mettent à gronder, ce n'est pas contre l'homme à l'oiseau, mais contre ceux qui arrivent.

Gamelin pousse devant lui Colin, mains attachées. Ils s'avancent d'un pas prudent entre les deux rangées que les bêtes forment jusqu'aux tombeaux et jusqu'aux trônes. Colin n'ose pas lever les yeux. L'atmosphère est horrible, pressante, angoissante. Il sent tout de même la présence de sa sœur, un sentiment de chaleur, un lien, il se rapproche.

– Vous avez la preuve, mes Rois, que je ne m'étais pas trompé.

Le garçon aux six bras prend la parole d'une voix timide :

– Je l'ai trouvé à l'entrée du cimetière, j'ai décidé de l'immobiliser et de le faire descendre. C'est celui qui est venu avec la fille la dernière fois à l'attraction.

– En effet. Mes seigneurs, voici le jumeau Hinterland, le jumeau d'Esther que nous avons déjà entre nos mains.

Quelques Rois applaudissent, faisant résonner dans la crypte leur mains de pierre, dans un son mat.

– Nous progressons, il en manque deux. Que c'est lent, Baltharos, que c'est lent ! s'agace le Roi Rouge. Soyons certains de les avoir tous réduits au silence avant de remonter à la surface. Nous ne commencerons que quand les Planteurs seront décimés.

– Personne ne nous fait taire, rétorque à la surprise générale Colin, qui ne paraissait pas en mesure d'articuler le moindre mot jusque-là.

– Oh, que ces gamins m'ennuient.

Le Roi Rouge s'assoit dans son trône sans autre forme d'intérêt pour le jumeau d'Esther.

– Je vous ennuie. Peut-être devrais-je chanter alors ? Ou HURLER !

Le cri de Colin fait sursauter l'assistance, y compris les loups. Et son hurlement est relayé par un autre encore venu d'on ne sait où.

Mais oui, là-haut, tout là-haut, c'est Marcel qui s'époumone.

Il passe la tête par le trou creusé tout à l'heure en suivant les racines. Furieux, les loups sont juste en dessous de lui, quelques mètres plus bas, rageux, tous crocs apparents, mais incapables de grimper aux murs et à la paroi. Pour l'instant, Marcel est à l'abri.

Profitant de l'agitation, de la sidération ambiante, d'un coup de coude, Colin a fait mine d'assommer Gamelin, qui est au sol, inanimé. Dans la foulée, là encore, profitant du trouble général, Colin s'empare de deux des perles de couleurs, les plus proches. La jaune et la grise. Une à une, d'un geste ample et précis, il les fait rouler sur le sol lisse et froid le long du chemin emprunté pour arriver jusqu'à la salle des tombeaux.

Les deux perles, l'une après l'autre, roulent avec une rectitude parfaite, elles remontent vers l'entrée, longent les fontaines dans lesquelles s'était caché tout à l'heure Hermès dans un son de roulement. Elles finissent leur route sous la semelle de la chaussure de Billie. Le coup est parfait. Depuis le début, la sœur aînée est en position. Fière et revancharde dans sa salopette.

Les Rois n'en croient pas leurs yeux.

Seul le corbeau réagit. Il s'attaque à Marcel, cherchant à le faire tomber en tirant ses vêtements. D'une main le petit garçon se retient aux branches de l'arbre, de l'autre il essaie de se débarrasser de l'oiseau qui lui griffe les mains et les bras. S'il tombe, il ne résistera pas à la rage des loups.

– Maintenant, Billie, frappe fort.

Dans son dos, Billie tient le couteau de nacre. La lame lance des étincelles. Sous son pieds, les perles tremblent. Comme si elles avaient peur.

L'homme à l'oiseau a-t-il compris ? Il se précipite sur Billie, mais elle est loin de lui. À plusieurs mètres de lui.

Elle brandit le couteau au-dessus de sa tête, elle le tient de ses deux mains et, dans un cri de colère, elle le descend sur la perle jaune. Il y a un effet de magnétisme, comme s'ils étaient faits l'un pour l'autre. Le couteau se chauffe, la perle vibre. Puis elle éclate en mille fragments de couleurs.

Bille fait ensuite pareil pour la perle grise. Elles ne résistent pas à ce coquillage qui les ont mis au monde et qui, maintenant, signe leur perte.

À la seconde où les perles ne sont plus, le gong d'une cloche retentit dans la crypte. Deux gongs au total. Coup sur coup. L'homme à l'oiseau s'est agenouillé sur le sol, impuissant, il contemple le désastre.

Sans pouvoir réagir, le Roi Jaune, le Roi Gris, leurs trônes, leurs tombeaux, leurs soldats et leurs loups sont réduits en miettes. Deux Rois, disparus à jamais, dans des éclats de perles.

C'est le chaos généralisé. Les Rois sont pris de panique. Les enfants Hinterland ont compris ce qui les relie à la vie. Les Rois les ont sous-estimés.

Dans un dernier sursaut, Baltharos se relève et, avec l'aide de Munin, réunit toutes les perles encore intactes, il les fourre dans son large manteau et s'échappe. Sans les perles, les statues des Rois, des soldats et des loups ne sont plus que des simples statues de Rois, de soldats et de loups. Elles se figent.

La scène n'a duré que quelques petites minutes. Le silence retombe dans la crypte. Les enfants Hinterland sont éparpillés chacun dans un coin, Billie au bout du long couloir, Colin au milieu des trônes, Marcel tout en haut, soulagé.

Le sol est jonché de morceaux de marbre, vieux souvenirs des Rois Jaune et Gris. Les loups sont immobiles dans des attitudes plus menaçantes les unes que les autres. Les Rois sont eux aussi pétrifiés dans des postures variées, les uns assis, les autres levant les bras, d'autres encore prenant difficilement la fuite. Mais ce ne sont plus que des coquilles vides sans intérêt. Seules comptent leurs âmes. Des âmes en fuite.

Aussitôt, Hermès sort de sa cage, et Esther peut serrer contre son cœur son frère adoré, son Colin.

– Je t'ai attendu, dit-elle dans un sourire où se mêle une larme. Ne me laisse plus jamais toute seule.

– Et toi, ne pars plus jamais sans moi, tu es incapable de te débrouiller seule. Tu finis toujours par te perdre.

Colin n'a pas ri comme ça depuis longtemps, trop longtemps, depuis qu'il a entendu parler de Sanarshel pour la première fois devant le tableau de ses parents. Il n'a qu'une envie désormais, rentrer à la Cabane. Et ne plus en bouger pour un moment.

Mais encore un point à régler. Encore une personne à remercier. Gamelin est là lui aussi. Il regarde les enfants s'embrasser, se réconforter. Il voit leur soulagement. Il n'en profite pas.

– Je vais devoir m'en aller. Je ne peux pas rester trop longtemps, sinon Baltharos va se douter de quelque chose.

– Tu vas retourner avec lui ? s'inquiète Billie.

– C'est la seule personne que je connaisse.

– Viens plutôt avec nous.

– Non. Nous ne sommes pas du même monde, j'aime autant rester à ma place. Faites attention. Il vous connaît bien. Je ne sais pas comment c'est possible, mais il vous connaît même très très bien. Adieu.

Gamelin commence à s'éloigner quand Colin le retient par le bras.

– Merci Gamelin. Merci pour tout.

Colin lui tend la main et Gamelin s'en saisit. Se dégage alors une étrange chaleur, bien visible pour tous ceux qui les entourent. Une chaleur qui raconte beaucoup plus qu'un remerciement, qui raconte une histoire plus ancienne. Se connaissent-ils déjà ?

Sans en dire plus et sans s'arrêter à cela, Gamelin court et fuit à son tour. Sans se retourner.

XXXLII

Les jours les meilleurs à la Cabane sont les jours de routine, d'habitude, de plaisirs simples.

Les mains bandées à cause des griffures du corbeau, Marcel travaille sur son établi à inventer tout et n'importe quoi.

Il a en tête de créer une fronde mécanique, même s'il sait que Billie n'aime pas qu'il s'amuse avec des armes, à son âge.

Billie, justement, est en train de lire en buvant un chocolat chaud. Elle a remonté soigneusement son gant sur son bras. Elle n'a encore rien dit de ce que lui a confié Rihannon au sujet des inscriptions. L'occasion se présentera sûrement.

Tout à l'heure, elle a discuté avec les parents, ils ont dit leur fierté, leur soulagement de les savoir sains et saufs, ils ont répété qu'en règle générale il ne faut pas se séparer. Mais les règles générales sont faites pour être transgressées, et c'est le genre de choses que des parents absents doivent accepter.

Esther et Colin se sont fait beaux, l'un de leurs plus grands plaisirs, pantalons de soie et chemises fraîchement repassées. Ils jouent aux dames avant de sortir se promener tous les deux le long de la Seine ou dans les nouveaux magasins qui garnissent les tours de Notre-Dame de Paris.

Il y a une magnifique odeur de gratin. Le dîner est en train de cuir dans le four grâce au Robot-Cuisinier. Ce sont des pommes de terre.

Billie soupire en regardant ses frères et sa soeur. De Sanarshel à la crypte des Rois, des Préludes aux racines d'un pommier, tout n'est pas toujours limpide et clair, elle sent que le brouillard les entoure encore, que les énigmes sont nombreuses.

Les parents n'ont pas tout dit, ne peuvent peut-être pas tout dire.

Et puis, il y a, quelque part, cet homme avec un oiseau qui tient entre ses mains les âmes de huit Rois vengeurs. Il reviendra, elle n'en a aucun doute. Et derrière lui se tiendra un garçon avec six bras. Allié ou adversaire ?

Oui, les questions sont encore nombreuses. Le destin reviendra frapper à la porte de la Cabane. Mais, pour l'instant, il est encore temps de se reposer un peu.

Les libellules et les scarabées ont repris position. La porte des « Charmes » est désormais fermée. Et, là-haut, sous la coupole, Hermès, le petit dieu, veille sur les derniers descendants de la famille Hinterland.

EPILOGUE

La nuit est tombée. Dans le village de Val-Jalbert, les habitants sont couchés depuis longtemps. Aucune lueur ne filtre à travers les fenêtres, les bougies sont éteintes. Les chaumières sont à peine visibles dans l'obscurité. La lune invisible.

Aucun bruit ne vient briser le silence, si ce n'est le hululement lointain d'une chouette, le bruissement des feuilles des arbres de la forêt de Sanarshel… et le tintement de lourdes chaînes sur un sol en pierre.

Un homme se tient debout dans l'Église. Il transpire beaucoup malgré le froid de la nuit. Il porte une longue tunique qui couvre ses sabots, l'étoffe est douce, précieuse, colorée.

Ce n'est pas dans cette tenue que les Hinterland l'ont vu. À ses pieds, un collier en or fin et un médaillon, l'un et l'autre brisés. Ses mains sont attachées dans le dos par une chaîne en métal. Il respire difficilement.

– Pour la traîtrise, un seul châtiment. Détruire les liens. Bafouer nos devoirs. Irréparable. Coupable.

Face à lui, plusieurs moines récitent ces paroles d'une seule et même voix. Eux aussi portent une chaîne autour du coup, du même or fin, avec le même médaillon. Eux aussi portent une tunique douce et précieuse.

– Pour la traîtrise, un seul châtiment. Abandonner le clan. Rompre les engagements. Impardonnable. Coupable.

Les moines recitent d'un ton monocorde, ils connaissent les formules par cœur, sans passion, sans émotion, sans aucune considération pour celui qui est en face d'eux.

Le curé tremble d'effroi. Dans un murmure, il parvient tout de même à articuler :

– Vous ne comprenez pas... Ce ne sont pas des enfants comme les autres. Ce sont les tous derniers membres de la famille des Planteurs. Eux, et cet homme, leur ancêtre, Arcadius, dont on dit qu'il est enfermé dans le château depuis longtemps, œuvrant à préserver la mémoire. Nul ne sait si c'est vrai. Nul ne sait s'il existe vraiment. Mais, pour protéger le château, il faut protéger les derniers descendants de la famille des Planteurs. Sans eux, le château n'existerait plus. Il serait perdu à jamais dans le temps.

– Imbécile. Vous croyez que je ne le sais pas ?

Celui qui a parlé est à peine visible dans la pénombre. Les moines s'écartent pour le laisser passer.

– Pourquoi pensez-vous qu'il est de votre devoir de garder le château ? tonne l'homme. Ce n'est pas pour le sauver. Au contraire. Le destin de Sanarshel a été décidé il y a longtemps. Il devait être oublié, isolé, coupé du monde. En faisant entrer ces quatre enfants à Sanarshel, vous avez trahi ceux qui ont décidé de son destin. Vous avez trahi vos Rois. Et leur vengeance sera terrible.

Ses mots sont suivis d'un silence assourdissant.

– Les... les... les morts ne se vengent pas ? balbutie enfin le curé. Les morts ne se... C'est impossible...

– Les Rois ne meurent jamais, rétorque l'homme. Et, au fil des siècles, ils ont retrouvé, peu à peu, leurs forces. Les forces qu'ils avaient perdues après à la guerre menée contre les Planteurs. À présent, ils sont plus puissants que jamais. Mais, tant que les Planteurs existent, ils ne seront pas invincibles. Ils redoutent un nouvel échec. Alors, ils attendent. Ils attendent que la Confrérie des Oiseaux fasse le nécessaire. Tout dépend de nous.

Le curé le regarde, terrifié. Pas pour lui, même s'il connaît sa punition. Mais les Rois, revenus... Ainsi, c'est cela, le pacte mystérieux de la Confrérie des Oiseaux. Voilà la vraie signification du serment qu'il a prêté.

Il comprend en entendant des chuchotements qu'il n'est pas le seul à être stupéfait par cette révélation.

– Assez. Bâillonnez-le et repartons.

Mais les moines hésitent.

L'homme se retourne et les foudroie d'un regard vide.

– Les Rois offrent toujours un choix. Vous pouvez les suivre. Vous bénéficierez de leur reconnaissance. Ou vous pouvez leur tourner le dos. Alors, cette église sera votre tombeau.

Il fait un pas en avant et la lumière qui filtre à travers les vitraux l'éclaire soudain. Son visage est dur, son dos voûté. Et sur son épaule il porte un oiseau. Un corbeau.

TABLE DES MATIÈRES

Direction de la publication : Keren Eisenzweig
Édition : Romaric Moins
Texte : Andrew Bonzon
Illustrations et création graphique : @Berries and Paper

ISBN : 978-2-494362-07-9
Dépôt légal : avril 2023
Imprimé en Europe par Typo Libris

Loi n° 49-956 du 16 juillet 1949 sur les publications destinées à la jeunesse,
modifiée par la loi n° 2011-525 du 17 mai 2011